3320
米METRES

FOLLOW THE FLOWERS

从
鸡足山脚
到英格兰的
梦想高度

王艳波Susan 著

云南出版集团   云南美术出版社

图书在版编目（CIP）数据

3320米：从鸡足山脚到英格兰的生活梦想 / 王艳波 著. —— 昆明:
云南美术出版社, 2016.7
　ISBN 978-7-5489-2458-6

　Ⅰ.①3… Ⅱ.①王… Ⅲ.①随笔－作品集－中国－
当代 Ⅳ.①I267.1

中国版本图书馆CIP数据核字(2016)第172698号

责任编辑: 张文璞
助理编辑: 张　琦
整体设计: 陈海云
责任校对: 朱　原　　胡国泉

3320 米——从鸡足山脚到英格兰的梦想高度

王艳波 Susan 　　著

出　　版: 云南出版集团
　　　　　云南美术出版社（昆明市环城西路609号）
印　　刷: 昆明卓林包装印刷有限公司
开　　本: 787×1092　1/16
字　　数: 120千
印　　张: 13印张
版　　次: 2016年7月第1版
印　　次: 2016年7月第1次印刷
书　　号: ISBN 978-7-5489-2458-6
定　　价: 68.50元

诺福克的家，很多文字在这里写成，过程中这些花给了我一些帮助。

仅以此书献给我亲爱的家人、友人和同学！

感谢生命中给我启发的友人，那些美妙的时刻！

感谢云南大理宾川这片热土，还有这里的人，他们有着大山一样的性格：热情，关怀，理解，包容，诚挚和责任感！

感谢"鸡足山系·半坡生态走廊"，这个家乡的绿色理想，让我们有了美丽的企盼！

特别感谢：

设计师陈海云友情赞助为此书设计，感谢你付出的时间和认真！

还有很多中国的、英国的朋友对此书的出版给予了鼓励和帮助，在此一并感谢！

特别鸣谢 微信公众号：宾川生活 bc-2099

序

那一朵玫瑰传奇

35 岁，有人待在标准的人生里，埋首于耕耘俗世的成功；有人却开始寻找更开阔的天地，踮起脚尖，触碰心底的梦想。

是的，那一年，35 岁的 Susan 卸下尘世里很多人望尘莫及的名望，在英伦的乡间，开始一段未知的生活。

当下，去诉说她在某个城市曾经的声名与成功，似乎已是一件相当乏味的事情。而她在盛名与盛年的高潮时刻选择归隐，却经年以来，留存在众人的记忆与话题里。人们羡慕她的洒脱与决绝，毕竟，真实世界里，这样不留余地的断舍离，鲜有人能够做到。

十年过去，拥挤、繁荣、喧嚣的城市里，依然很少有人谈及理想，也难得将眼光投向开阔之地。而她却带着她的生活、她的花园、她的文字，以一个梦想综合体的面貌重新出现，用一种特别真实的醍醐灌顶，提醒我们：记住，希望是美好的，甚至是最好的，只要你愿意选择，美好的东西从不消逝。

这样的美好，从她的文字里完全可以想象：

清晨，在花园里采几朵还滴着晨露的豌豆花，早餐立刻变得情趣十足；花园里浓荫匝地，树叶又绿又香，在花开的声音里写下最新的感悟，用等待盛放的心情迎接新的一天；五彩的迎春花比往年开得更盛，天竺葵、玫瑰花那么灿烂，Blue 和 Bell 在院里趾高气扬地晒着太阳，那是一种带着香气的幸福感……

生活真是奇妙。当你清楚知道自己想干什么，并下定决心改变的时候，没什么是不可能的。

十年来，她开辟花园、学习植物、写书、游历，在花园里情深意笃，全部的精气神，都用在锻造一种全新的人生。从某种意义上说，无所事事的隐，没有多少价值，那只是阶段性的因为讨厌某种生活状态而把自己藏起来。真正的隐，是在别人看不到的情况下，做自己喜欢的事情，那才是生活的最大乐趣所在。

现在的 Susan，对花园和植物有着一种宗教般的热情。"春天，是花园的伟大时刻"，她用极具诱惑性的语调欲言又止。她在花园里观察植物的柔和感，而那些柔和的姿态仿佛已经延伸到她生活中来，在她的语言、文字和体态里，无所不在。为什么要柔和含蓄而不是强烈呢？柔和的花园生活余韵往往悠长，强烈的职场成功反倒不能细细体味。当日为何做出这样的选择，大自然在给她答案。

另外一件重要的事情是持续。投身于自己真正喜爱的事情时的专注和成就感，足以润色柴米油盐的俗常生活。这一片独属于自己的小天地，会让人真正独立和强大，实现自我蜕变式的成长。这一点，在她的写作上体现得淋漓尽致。

她的文字，也许并不特别精致，却有新鲜的观感、开阔的视角、特殊的细节，那是她血液里流淌的气质，如今更是浸入了生活的黏性，慢慢生长出别样的风景。

据说花的开放，在植物的一生中具有特别的意义，简单来看，花是植物的生殖，一棵植物开花，宣告着生命的成熟，而生命在自我完成之后，很重要的一个意义是：扩大和延展自己。

Susan，那一朵玫瑰，曾经在职场铿锵盛放，如今，洗尽铅华，在英伦的乡间，早已开成广阔一片。

好一场漂亮传奇。

Jane　蒋艳秋
资深广告人、项目顾问

序

3320 米的感言

　　丙申年孟春，纵情朵颐，万家竞饕餮的春节狂欢刚徐徐谢幕。同窗艳波抬爱，邀约为其新书《3320米——从鸡足山脚到英格兰的梦想高度》写感言。感觉压力山大，又义不容辞！只好勉为其难。权当饕餮大餐后为亲朋嘉宾奉上一钵鸡足山下的青蚕豆打蘸水，洗洗油腻，去去荤腥，也未尝不是乐事。

　　诗言志，读书识人。读书读的便是作者其人、其事、其风度。

　　张爱玲言"出名要趁早"，其后来的凄冷结局或许是命运的找补。三毛风靡一时，文字始终执着于"情"，终为情殉。于事业或是成功，于人生或许还应有点别的什么？譬如谢婉莹就好。

　　艳波才华横溢、风度婉约。文如其人，读来令人耳目一新！

　　先是，以一文弱女子纵横商界，发心35岁完成财务自由的梦想。事竟早成。后厌于商界的唯利，遂游学英伦，游历于欧陆，再后与先生环境学家Marcus Armes 定居英格兰诺·克郡乡村，种花冶园，品茗格物，带着中国的儒雅融入了英伦的情调，雅致如此！ 艳波必定是会有点别的什么的。

　　不同的人给人不同的感觉，艳波给人的感觉是：温润如玉，缈远雅致。

　　去年我所在单位扶贫挂钩村的贫穷惊心，艳波初闻便欲马上匿名施以援手，后因他因未果；某人抓了只麻雀囚玩，艳波撞见，即刻求其放飞；与人交谈总是温言软语，和善可亲，赴友人约，千里万里漂洋过海；与友人别，动情掩泣。凡此种种，赤子之心，让人动容。

　　正是如此风情率真的人才会有3320米这般遥远的梦想高度！

　　3320米绝不是仅仅从大理鸡足山到英伦的梦想高度！这是一段跋涉者磨砺的心路，定有非常人的甘苦。选择远离繁华之时的心境必是"竹杖芒鞋轻胜马，谁怕？一蓑烟雨任平生。"的气度，洒脱的背后雨打梨花。归来时，"回首向来萧瑟处，归去，也无风雨也无晴。"人生的至高境界，二十载潜心专修得正果。

《3320 米》一书正是这种境界，清莲出水的震撼！

读过无数风格各异的大小家文字，主题各异，思想异峰。唯艳波的文字给人耳目一新之感，不流于鸡汤，不统于说教，亦不归于学术。每篇信手拈来，或长或短，日常琐碎，人生苦旅，天上地下，异国风情，家国情怀，小处着笔，静处安生。人生的领悟与社会的真善涓涓细流，润物无声。这正是人生应该有的什么，引领着人性的光辉在所有的烦躁中执着向善。

我始终相信每个人都聪明异常，相信每个人都有自己独特的感受和理解。一盘珍馐奉上，百口自有分晓。在每个纷扰的黄昏，沏一杯清茗，翻几篇如此温润的文字，所有的凡尘俗事自然褪去，心深处的桃花源悄然浮现。于社会有这般的益处，也当正是艳波同窗所想要的价值。

多说无益，"绿蚁新醅酒，红泥小火炉。"最是美好的开始！

蛮　子
2 月 25 日夜于鸡足山下水井村

目 录

1

不说再见，只说感谢

书名 3320 米的灵感源自宾川鸡足山的海拔高度。

鸡足山是中国著名的佛教名山，享誉东南亚，位于云南省大理白族自治州宾川县境内，因"前列三峰，后拖一岭，俨然鸡足"而得名。

鸡足山官方海拔高度是 3248 米。

海拔高度和梦想没有关系，但每个人梦想的高度往往需要高于生活的高度，梦想需要勇气，梦想需要我们尽力跳起来去够到，正如 M 的口头禅："如果你不去试，怎么会知道结果是什么呢？"

写下这 89 篇文字，过程犹如追随花香的一段旅程，这些心灵细节一如途中的花香，花儿开在那个特定的地方、特定的时刻，有时转瞬即逝。

这些花香时刻，是一个普通人对生活的感悟、尊严和努力！

是一个普通人的不知所措、复杂难懂和种种日常的纠结……

开始只是随意写着玩，因为大家的赞美和鼓励，就开始认真去想写些什么……

就这样，居然持续坚持了 100 天，坚持了一年，写完全不同的题目，就如每天有不同的菜谱一样。

也不是每一天都知道自己要写什么。

非常奇怪的是，人的思想每一天都不一样，有时是在行走的时候，有时是在花园里，有时是在早餐时听大家聊天得到灵感，有时是完全没有头绪，但这就是美丽的，就如一个小孩在沙滩上玩耍，不经意捡到一些好看的石头……

在大家友爱、宽容、支持、赞美这一阵风中，我这只笨小猪居然也飞起来一段路……

很享受夜晚写字的感觉，我变得更加敏感，更加热爱思考，更注意细节，每一天都更有意义，大家的反馈也让我增加了自信！

这些好看的石头是思想的火花，在我们的生活中一闪而过，捡到了和大家分享实在是很幸福的事！

就算有的石头不是很精致，但呼唤着大家来看的瞬间也是美妙的！

"有放不下，也有笑容如花……

"权力就是《指环王》中那只魔戒，人类无法掌控的魔戒，不是吗？……

"是的，对于女生来说，自信和笑容是我们最好的两件外衣了……

"但还是爱昆明……有山上的茶花年年开放，还有日，还有月，还有日月交相辉映……

"快了就会犯错误，慢了也一样会犯错误。没有答案的人生啊，这估计也就是人们为它着迷的原因了……

"想象中，我们完成了一次次成长，琐碎繁杂，生命悸动，播种了，然后一起收割……

"自然的节奏教会你植根土壤，缓慢地让你在这个世界找到位置生长……

"哪怕是走路，没有目的地走路，单纯的走路也很好……

"花园提醒我们那些自然界中存在的伟大时刻！如那些记忆中风吹过草丛的沙沙声……

"决策是人生最重要也最难修好的一门课程了，你们觉得呢？……

"婚姻是手牵手的爱；一起傻笑一些很小的事；同时也用温柔和善意讨论大事；婚姻是信赖，一起度过失望和伤害，并把这些看作是关系中的馈赠……"

我越来越觉得，文字和句子其实不很重要了。文字和句子都只是工具，重要的是思想……重要的是我们对身边的思考，善意的、很小的思考！

艳波　于诺维奇

喜鹊和小山雀

请千万不要误解和嘲笑英国人对动物的痴心和执着的爱心，如果我可以找到一个词去形容，我会选择：五体投地。

先从 Peter 的喜鹊不喜的故事说起：

两年前有幸认识 Peter，一位成功的生意人，70 多岁了，半退休状态。受邀请去他家玩，他硬是要拉着我去看他的关在后花园的硕大的几只喜鹊。我问：为什么要把它们关起来？喜鹊在中国可是预示着好运的，我试图说服他。他的解释让我大跌眼镜，原来每年春天，喜鹊专门吃小山雀的蛋，那些可怜的小山雀根本没有机会长大；为此，他很恼火，想了一个办法，春天里想方设法把它们关起来，直到小山雀长大才放它们出来。

我一时呆住无语，很难评价……

如果从善良的角度出发，他是对的，世界是很残酷，弱肉强食。如果不加以管理，会强者越来越强、富者越来越富裕，直到有一天，世界只有一个声音，只有一种色调，一种语言……

想想如果我的院子里也没有了那些可爱的小山雀和它们婉转的歌喉，我不禁也开始同意 Peter 的办法了。 当然也就有了后来一连串的故事和操心……

一天傍晚，我们开车回家不小心压死了一只家门口路过的刺猬，M 很是难过了几天，很大的一只，太暗没有来得及刹车。几个月后，我无意中看到又有一只刺猬慢慢悠悠过马路，一下就慌张了，忙叫上 M 出去，帮它看着过往的车，还好门口车也不是很多。不过，它老兄却是不紧不慢，半天还在路中间，我想直接把它抱过去算了，它立刻蜷成一团刺，不动，玩装死，我也就大着胆子把它捧在手里放到路边；过一会也许它感觉安全，就又爬出来，原来它好像要去不同的方向，我们只好由着它花了二十几分钟安全回家……然后，两人都感觉挺开心的，不为什么，只是被自己傻傻的爱心感动吧！

再后来发生的一件事却不是这么愉快……

去年，突然发现玻璃房旁边的爬藤植物中间藤密集的地方，不知道什么时候有了一个鸟窝，很精致结实，再一看，里面已经有一共5只小小鸟，还没有完全长毛，唧唧的叫声，每天等着爸妈带食回来，我一下就来了兴趣，先查询是什么鸟，原来是一种叫Wren的鸟，体型非常非常的小，比山雀还小，很机灵；也是最有父爱的一种鸟，在成家前会同时建好7-8个窝供女朋友挑选到满意，然后它们才结成伴；同时也是最勤劳的，每天从天不亮一直忙到天黑捕食养家。

我真切地爱上了它们，希望可以为它们做点什么，自作聪明，放了一点鸟食在旁边，希望减少一些Wren爸爸的辛劳。没有想到却引来了一只大老鼠，后来一天终于发生了血案，5只小鸟被吃，至今不知道鸟妈妈有没有逃脱？只是那天我在凌晨5点被可怜悲催的鸟叫吵醒，冥冥中感觉什么不对，慌忙下楼一看，Wren爸爸在鸟巢旁边紧张地飞来飞去，不知所措地哀叫，它不明白，出门前还好好的一个家，回来已经家破人亡。

我悲痛欲绝，当时的心情犹如失去亲人，而且我还是间接的罪魁祸首，引来那只可恨的老鼠……

之后的两周，我都在谴责和心堵中度过，很长时间不愿意面对事实……

今年我特意安装了鸟窝，希望会有小鸟不用建房了，直接搬进去住就可以。Sean说至少要等一年，因为鸟儿们很小心，它们会找熟悉的场所安家。我在想，如果我幸运，应该明年可以等到我提供的家有喜事连连……

昨天骑车时，Richard，我们的好朋友，一个电脑工程师，和我一路讨论说为什么诺福克会有那么多的小鸟，他的理由是：因为诺福克田间有很多的篱笆，这些篱笆脚就是鸟儿的天堂啊，他说：就像我们需要很多房子一样……我微笑着同意……

上周，邻居的女主人隔着篱笆问我，今年有没有在我家的小池塘看到有青蛙的卵？她说她使劲在她家的池塘找也没有看到，很担心今年没有青蛙。还好我知道，我已经在我家池塘发现很多白色的啫喱一样的东西附在水生植物上，希望今年有蛙声一片……

4

我已经没有办法想象，如果缺少那些婉转的鸟鸣和蛙声，住在乡下该是多寂寞啊……

　　我想起小时候老家老房子旁的电杆上，傍晚总是有很多的小燕子在开会，还有在前面邻居家屋顶的那几只春天的美丽的鸟，布谷、布谷地鸣叫着……

　　这么多年，它们有没有逃过劫难，世代安好？

　　祝福天下所有幸福的鸟儿们……

白衬衣黑裤子

每次看到白衬衣、黑裤子的男生总让我想到 Yoe，公司以前的一位同事，他可不是一般的同事……

2001 年的时候，我们做了一个很大的决定，决定请一位新加坡的创意总监来，年薪需要一百万，当时的一百万是什么概念？全公司全年的工资总额。当时公司数来数去就是二十多个人，对一间未来不明确的小公司来说，这是一个惊人的决定。但不管了，我们相信专业，崇拜权威，外来的和尚好念经啊！我们决定全体勒紧裤腰带过日子，Yoe 就这样来到公司……

Yoe，消瘦的身材，很温和，很温文尔雅。到了以后，我们天天盯着他看，看他吃饭，看他思考，看他写字、画草稿，和他讨论，尽量多地和他开会；总该把属于他的全部学过来吧，让花的钱有所值啊！

看他每天来上班都是白衬衣、黑裤子。Yoe 解释说：Susan，我只穿白衬衣、黑裤子，就像我的创意概念永远简单、尖锐……

那是一个风一样的年代啊……

把专业当神一样地崇拜，"不当总统就当广告人"这样的广告语让我们热血沸腾。人手一册的大卫·奥格威的《一个广告人的自白》都读得要烂了。我们确实是一间读出来的公司。多年来公司职员的平均年龄都是 25 岁，快到 30 都是公司的老人了。

做生意不就是比学得快吗？我们当然学得快，开一次会，把客户的全部技术学过来，第二天加入新的技术改造创新去提案；当时的口号是：一阵风吹过，把任何一张有用的落叶都拣出来……不就是比有多努力吗？你工作到 8 点，我们可以到 12 点，我们可以通宵，我们可以打地铺，我们有睡袋！我们白天打猎，晚上加工，白天出彩；后来江湖上开始有传言公司上班需要自带睡袋，搞得很多人不敢来应聘。

确实有睡袋，当然也有厨房，保证加班时不会饿到……我们也不需要领导，从上到下全是业务员，为了生存啊！这也就是我们决定每人有一个英文名字的由来，大家一样的年龄，叫什么"总"的也太别扭了，这个传统至今还在延续……现在回想起来，那是一个不正常的时代，一个公司可以做到市场份额的 80%，本身就是不正常的一件事。如果继续下去，我们就算不累残废也累得夭折了。

累到什么程度？累到如果有机会补觉，我可以睡到第二天下午两点不会醒过来，不用吃饭上厕所；忙到什么程度？我最好的一个朋友谭小姐要见面，居然约了一年没有见到，出差北京时，她正好在北京，两人在北京见了一面……

更奇怪的是，有几次发现开车反应迟缓，明明要踩刹车，身体却是不会反应，累的；居然还有一次开会开到晕倒，Edward 直接把我从会议室送进了医院……

上次回去 Maggie 说，Susan 这个名字公司一直是留给我的，新来的同事都没有允许用这个名字，让我很感动……他们每次和我唠叨公司的事，我也喜欢听，偶尔也给意见。但感觉已经是上辈子的事了……不是吗？轻舟已过万重山……

Yoe 后来中途就回去了，因为有人知道他年薪百万，每天跟踪他回家，他很担心有什么危险发生……

而从此我也就认为，男生只要有一打白衬衣和一打黑裤子就可以闯天下……当然还需要一根皮带……

这样燃烧的青春应该没有什么遗憾了吧……

当然有的，要不怎么会是青春呢！

向我永远的同事们致敬！Edward、Jane、Hanson、Joy、Michael、Maggie、Donna……

宇宙的孤独

什么是无限，什么是永恒？

无限是没有边界，那如何理解没有边界？或者边界之外还有没有边界的边界？

永恒是再生吗，还是一直就是永远？永远到多远？

什么是孤独？

孤独是没有人陪吗，还是有太多人陪着？

当我们仰望星空，我们会不由自主地陷入沉思或者幻想，我们困惑于无边无际和浩瀚，我们感到孤独、无助……感到孤独是因为无法理解、很无限庞大、不能控制，这或许就是人类从一开始就有那种深刻存在着的逃避孤独的天性！

我们试图寻找另外一个有文明的星球，另外一个地球，另外一个类似我们的我们。

最新的冥王星的照片显示，这是一个有着大气层的星球，好像又给了我们希望，尽管它离我们有 1400 光年那么远。

以光的速度旅行一年是多远？ 100 年又是多远？ 1400 光年？

我感到孤独……

让我们感到孤独的还有另外一个物理学的法则：那就是 Entropy——熵，很难翻译，所以有了这个字。

Entropy 是我们看不见，摸不着的一种力量，它无处不在，它让宇宙中任何事物分解，从秩序变成非秩序……From order to disorder。

没有理由，只是它的自然法则，自然规定好的，人类无法改变，也无力改变！

比如我们建好一个建筑就是建立了一个物理秩序，但这栋建筑最终会不存在，如果我们不维护也不使用的话，最终自然就将它一点一点地破坏掉，侵蚀掉，分解掉，它会倒塌，会成为一堆废铁，然后废铁会分解，最终成为碎片，成为灰尘，成为分子……我们磨一把剑也是一样，这把剑最终会在自然中消失，不复存在，成为空洞……只要有足够的时间……
　　人当然也不例外。

　　宇宙的存在就是不停地分解，分解任何一件存在的事物、任何一个有秩序的物体，无情地让它成为非秩序，然后消失在宇宙中，成为宇宙的一部分……直到有一天，大约 6 亿年，太阳将会爆炸消失，然后呢？直到有一天，整个宇宙会不复存在，世界一片寂静……寂静……

　　我感到孤独……
　　这种孤独很深刻，是那种会要了命、恐惧而空洞的孤独！

　　这种孤独和需要人陪伴不一样。需要人陪，是我们希望分享、希望被关怀，希望获得认同；也不同于我们时不时需要享受一下的孤独，一个人想静静，想不被注意到，想偷偷溜走，想回到自己的房间……想和自己相处一会……
　　这种孤独是宇宙的孤独！

　　宇宙是什么？
　　宇宙看起来是星辰、无边无际的灰色，肉眼很难分别出的颗粒、灰尘和空洞……2000 多个银河系或者无数个银河系，我们的银河系在宇宙中只是那个小点， 这是多么奇怪的一件事……

　　当人类文明开始那天，我们就仰望夜空，不停地问着这些问题：
　　我们是谁，我们从哪里来？
　　为什么我们在这里？
　　什么是光？时间为什么只会向前？

　　当我们去试图理解宇宙外面的无边无际的风情时，我们就会迷失在这些没有答案的问题中。我终于开始理解多年以前，为什么高中的那位物理老师曾经嘲讽我们的话：你们，将永远也没有这个幸运去认识和看到宇宙的伟大和美丽，那是任何文学语言都无法描述的……

　　估计有些事我们永远不会知道，我们永远将会在知道和不知道中前行，这或许就是宇宙真正的奇迹。

　　正如佛家所说，我们所看到的世界和真实的世界永远是有差别和距离的。
　　我们也将永远在孤独和不孤独中前行。

这或许就是人类真正的奇迹。

没有答案也需要继续追问，这个关于宇宙的故事，也是我们的故事，人类的故事。

今夜，我仰望夜空，看星光闪烁，我看到那些光速，就是来自远古的使者。它们穿越上百个世纪，地老天荒，才在今晚这一刻到达我的眼前，向我讲述那个宇宙开始的故事……

宇宙开始的故事是什么状态，是不是浓得化不开？厚得沉不住？到了那个临界点，那几秒，忍无可忍，喷薄而出，这是不是就是那个 Big Bang？

正如 Brian Cox 所说的那样："Our story is the story of the Universe. Every piece of every one and everything you love, of everything you hate, of every thing you hold precious, was assembled in the first few minutes of the life of the Universe, and transformed in the hearts of stars or created in their fiery deaths…… What a wonderful thing to be part of the universe—— and what a story! What a majestic story !"

在某个地方，某个时刻，一些不可思议的事在等待着发生，一个新的宇宙在等待着被发现……

一个让我想私奔而去的城市

窗外一片寂静，这样如水的夜晚，想念一个城市，让我有私奔而去的念头……我是个感情丰富的人，每到一个美丽的地方都忍不住欢喜倾情……

当然，你是对的，意大利的每一个城市都可歌可泣，佛罗伦萨、罗马、西耶那、比萨、卢卡……还有法国南部风情万种的普罗旺斯，每一个小镇都让人爱不释手；但让我想要私奔，和它长相厮守的不在意大利，也不是普罗旺斯，却是西班牙的 Valencia（巴伦西亚）。

决定去巴伦西亚是因为它的温暖和阳光，11 月、12 月的气温和昆明大理一样的地方在这个世界上实在不多，这个位于地中海岸边的城市，就冲着冬日温度，在去之前我已经决定爱上它了……从马德里坐火车，高快，两个小时就到了。西班牙火车超赞，即便因此带来高昂的欧债，一些年的经济萧条，可以换得这样的基础设施也是值得的，英国在这方面望尘莫及。

一出车站就是满脸温暖如春的阳光，提着包一手拿地图一边找路，一位老人走过来问我们是否需要帮助？平添几许温暖。

友善的人们是一个地方的灵魂吧！我还没有准备好，就看到沿街一排排的橘子树，一个个金黄的橘子在城市的街头仿佛梦幻一般，我一下呆住，这不是我的故乡么？看着古城墙边那些玩耍的童年背影，老人微笑着漫步走过，我感觉自己瞬间回到老家，欢喜得不得了……

离开故乡的人，随时随地都在寻找故乡的影子。

毫无疑问，巴伦西亚是一个暖和的地方，看一下周围人的穿着就知道了，18 度的温度，英国人通常穿衬衣或者已经乐颠颠地穿短袖了，这里的人还是毛衣加大衣，和故乡一样，冬天 18 度，大家都还捂着呢，越温暖的地方越需要厚的衣服保暖啊！

这里有数不清的神一样的古建筑、教堂，美得让人窒息，让人失去语言的表达；有弹孔的古城墙，很窄的、韵味十足的小巷向你述说着它的故事和过往，一个非常复杂的故事吧？

这个始建于公元前 138 年的古城市，历史上经历过无数种文化和宗教的洗礼：古罗马人、德国人、罗马尼亚人、摩洛哥人，基督教、犹太教、伊斯兰教，每一次历史足迹和变迁都给它留下风光和荣耀……这是 Valencia 吗？这哪里是一个不为人知的普通的城市，这分明是另外一个佛罗伦萨嘛！除了没有佛罗伦萨的名气和张扬。

更别说城市另一端那浓墨重彩、耐人寻味的现代建筑，那只眼眸形状的现代艺术歌剧院……多情地面向未来……还有……

在这里的六天，我们甚至都没有时间去海边，哪怕到海边只是 10 分钟的地铁，这个城市比海有着太多的诱惑和故事。以至于忘记了它在海边……

离开之前还去了菜市场和书店。书店一定要去，一个城市过于复杂和多面就一定要去买它的书了，带不走它，至少可以带一点它的灵魂吧。喜欢去菜市场则是个人爱好，喜欢看那些当地的蔬菜水果，一见到就脚不会走路的感觉；但这是一个我这辈子见过的最奢美华丽的菜市场了，建得一如博物馆。

一个可以把菜市场建成这样品位的城市，该有着怎样的美丽和尊严？该有着怎样的历史和底蕴？

我无语……然后内心划过那种情到深处的颤抖……

我到底会不会有一天真的为它私奔而去，和它长相厮守？

我不知道，让我们把没有答案的问题留给时间，好吗？

帅哥美女

好了，经过一天的思考，我想我已经准备好了，要写写帅哥美女的话题。

首先想到的是巴黎圣母院，去巴黎怀着朝拜一样的心情去了巴黎圣母院，是因为大家都熟悉的那个催人泪下的故事，那个美丽的吉卜赛女郎，更有卡西莫多，那个丑陋而善良的敲钟人让我们印象深刻，以至于每次一想到他的感人细节都会有想流泪的感觉……他的善良之心一如阳光般照耀……

再说一个真事：

一位四川来的留学生曾住在我们的学生公寓里，挺可爱的。后来一段时间没有见到她，再见到她时她眼睛红肿着，问了才知道，刚去做了双眼皮。我当时非常替她难过，因为一直觉得她原来的单眼皮、小眼睛很可爱，多可惜啊！现在可好，成了和大多数人一样的双眼皮了……

又一个被世俗左右的牺牲品的例子。

我不禁黯然神伤，我们的社会太不够宽容了，我们只允许一种美丽存在，而忽略了太多其他的美丽，我们只允许高个子、大眼睛、双眼皮、皮肤白、细腰苗条，而忽略了这个世界的单眼皮、黝黑、结实、小个子等等的风采……

我们对审美过于简单、过于粗暴……甚至没有自己的心思和标准，我们习惯跟随大众，因为大家都是这么认为的……

我们一直生活在一个快速评判和被评判的时代，外貌仿佛成为一个方便而不用负责的指标；很多人没有时间和耐心去发现他人内在和心理的美好，只是或是习惯了凭外表去做出决定；省事便利啊！这是一个社会的悲哀和不幸，因为这不仅不负责任，不够宽容，甚至是有些愚蠢的……

多容易啊！有时包括自己也会忘记，快速凭着外表去判断一个人，然后我会在夜深时觉得羞愧……

发现这个世界太多元了，是到了英国之后……

开始觉得很有趣，发现审美和先生老不一样，他认为好看的，我认为不好看，每次和他讨论和争论都没有结论。比如他认为皮肤棕色很好看，非常不喜欢他自己太白的肤色，很自卑的感觉，他觉得单眼皮好看，颧骨宽而高好看，而我却不同意……

我才明白了不同文化可能有完全不一样的审美情趣，慢慢地，我发现我的审美也发生了变化，开始欣赏不同的美了，比如黑人我觉得也好看了，尤其是小孩子，很灵动的。

从此开始发现了更多人的美，不是人变了，而是我的审美更宽阔、更包容了。

这一发现实在让我惊喜而受益良多……

我开始更多地关注笑容和特征，而不仅仅是长相，尤其每个人的笑容都不一样，都很美，有的害羞、有的含蓄、有的自然、有的开怀……

自信的人也是非常美的，而自信和长相无关。

这是不是就是我们说的，这个世界不是缺少美，而是缺少发现……

我还发现：

每个年代的人都有每个年代的特征，上世纪 70 年代的人，我们的父母都在饥寒交迫中，至少大部分都是这样，我们都长得有那么些焦虑，长得也很有个性；而看看八九十年代的出生的人，也就是我们的下一代，就完全不一样了，每个人都细皮嫩肉，个个都好看，有点着急的恰恰是个个都"一样地好看"。 尤其女孩子，怎么都一样地好看？长得太一个模样了。

这样不好吗？

我猜，将来谁长得更有个性比好看重要多了……因为个性才能被记住啊。

好吧，来回答这个重要的问题：帅和美丽重要吗？

我认为不重要！

因为比美丽和帅气更重要的是：内心的丰富、细致、善良、勇气、执着、豁达、宽容、幽默、善解人意等等等等。

帅和美丽是出生的中奖，中奖是好的，不中奖也没有关系，不是吗？

毕竟中奖的人比例很小……

这是我离开中国后才明白的……这也是我离开中国的真实的原因之一。

那时着急离开是因为我觉得自己价值观念开始混乱，是非混淆，对错不明白。因为社会并没有给我们建立一些好的榜样和正确的答案……我慌张得要命，拼命看很多哲学书，甚至圣经，却无济于事。

我们缺乏的是一个系统的价值体系，正确的价值观和积极的、包容的态度，包括审美的引导……我们快速评价人，喜欢简单评价人。

也许，我们的教育体系有些片面，导致信息不全，无法做出完整的判断……当你试图去理解，发现很吃力，要了命了……

我很欣慰我多年后重新建立了自己的价值观、关于美的衡量标准……

关于自己，我其实从小一直非常自卑，不仅因为长相，还一直在姐姐的阴影下长大，觉得她有气质，更美丽，声音也好听，受人爱；

直到后来，我自信起来才发现，自信和微笑就是我最美的两件外衣了，我一直都带着！

当然，现在还有宽容、包容和理解。

是的，对于女生来说：自信和笑容是我们最好的两件外衣了。

对于男生，就有太多件外衣可用了。

谨以此文献给 4950 的全体同学，在我的心里，你们都是帅哥美女！

生活在乡下

只有会享受孤独的人才喜欢住在乡下吧！

很多英国人喜欢住在乡下。都告诉你，喜欢安静。各种职业的人都有，医生、飞行员、老师……城市好像更属于年轻人，成家立业后就搬到乡下了，希望自己的孩子在乡下长大……

这些沉睡的乡间也因此充满了生机和人的风情，夏天的傍晚或周末，总是可以听到此起彼伏的割草机的声音。

天气晴好的时候可以在路边采一些黑莓，可以做果酱，也可以做Pie；

要跑步就沿着教堂跑一圈……总是会看到遛狗的人，也时不时看到有缓慢的骑马人路过，英国人爱马也爱狗。

秋收时，会看到很长的拖车搬运麦秆，人类的这个生产习惯一直没有改变，只是原来用马车，现在改用大拖车了……村子的标示就是这一幅画啊！

最大的噪音就是鸟儿了，鸟儿们每天也有很多事要讨论。如果开着窗睡觉，肯定清晨5点就会被它们吵醒。

不同的嗓音，高低婉转、嘹亮兴奋，两只一问一答的，或是好几只在同时群聊……时间长了，也可以大概猜到它们在说些什么，无非是打情骂俏、聊些生活琐碎，晚上睡得好吗？听说天气又要变了，房子盖得怎么样了，今天上哪儿捉虫子……也和我们人类差不多吧？

也有公交车，每小时一班，也很准时。

刚搬来没有考驾照的时候，有一次去等公交车，过了时间车还没有来，一个人，一直等吧，估计误点了，心里想着。

突然，一辆警车开过来停下，问我是否在等公交？警察很抱歉地说今天的车过不来了，前面一个房子维修需要临时堵路，来不及通知，只好他们来接送在这个站的客人了。

就这样，一个人第一次被警车送到了下一个站，内心感动得不得了……好细致啊！

每隔两周，周一早晨 11:15，就会准时有移动图书馆开来（Mobile Library），一辆可以开着周游各个村子的图书馆，每次可以借六本书，都是免费。

也可以还书，还有很多是录音书，很多老人眼睛不好，老了都是听书，加上每日的信件估计就是老年人的生命线了。

这个老龄化的社会啊，大家又都喜欢独自居住在乡下……

我们住的村子叫 Hainford，现有 835 人，典型的英国乡村。

在 1086 年的"Domesday Book"中记载：当时村子有 23 个人居住，160 头猪……

到了 19 世纪中期，这里居住着 1 位养蜂人、3 位店主、1 位老师、1 位煤生意人、1 位水管工、2 位鞋匠、1 位裁缝、1 位铁匠、12 位农民……铁匠的房子就在我们后院，部分老的砖墙还在……即将要成为我们的办公室，还会有一个秘密花园相连，好期待……

一次世界大战中，有 25 位死于战场的士兵来自这个村庄；二次世界大战有 9 位。教堂外有他们的纪念碑……

"Ford"字号来源自殃格鲁—萨克森人，回望早先历史，丹麦人也曾南下居住过这里，在萨克森人之前是罗马人，后来罗马帝国衰败都回撤到欧洲大陆了。

再之前被浓浓的原始森林覆盖……

正写着，天就暗下来了，听到外面一只猫头鹰在叫，仔细辨认，还是辨不出它的家住在哪里……

清碧溪碧水长流

同学们提到清碧溪，明天大家远行要路过大理苍山上这池美丽的溪水，让我想起一些往事……

"清碧溪是大理点苍山 18 溪之一，在苍山马龙峰和圣应峰之间，溪水在山腰化为上、中、下三潭，然后流下成溪，辗转流入洱海。"

那年，大概 2001 年和大理张总合作，工作之余陪同一起去了清碧溪，第一次认识了这一潭倒映着蓝天白云的碧水……

虽然溪水如碧，山谷清幽，但没有太放松的心境，因为工作压力无处不在。

难得张总如此信赖我们这帮年轻人，他希望能为他的生产卫生巾的企业创造一个新品牌。

即便对我们不是很了解，却在见面之后爽快地和我们签了合同。越是这样，越是压力大，生怕辜负了他对我们专业上的信任。

创造一个品牌让人很兴奋，应该就如要生一个小孩一样。

完全从头来，从零开始，没有任何的思想包袱和束缚。只要你有绝美的主意，只要这个绝美的主意可以被市场接受，甚至都可以是无厘头！

果然，公司不负张总的厚望，几天奋战之后，就有了现在的"日子"卫生巾。名字好像是 Edward 起的，包装也设计得非常有国际水准，清秀脱俗，谁说大理不可以生产出国际水准的品牌？

还给了日子卫生巾两个很特别的概念——苦参和清逸堂出品！

现在想想所有这些要素对成功都非常重要：一个特别的名字，有苦参的特征，清雅脱俗的包装，一个体面的出身……

听说日子卫生巾被白药收购，那是后来的事……

当然，清逸堂这个名字也和清碧溪没有直接的联系。

我有时希望有，因为任何一个成功，都需要天时、地利、人和，大理的山水难道不是地利吗？

或许冥冥中这里的山水保佑了这里成长起来的一切！

这或许有点迷信了……

很多年没有见到大理的张总，不知道他是否还记得清碧溪之行？

希望他一切还好！

但对"日子"和白药的这段姻缘由衷地感到高兴的，更有我们对云南白药的热爱和难以言表的牵挂情结。

公司那么多年和云南白药合作，有幸和白药的秦总和黄总他们南征北战，去过了无数不是因为白药永远也没有机会去的地方……

他们俩都非常有书生气质，极其敬业、热爱创新，很喜欢和我们一起开创意讨论会……白药气雾剂那个年轻活力的形象；那些 3*3 街头篮球争霸赛烽烟四起；气雾剂伴着刘璇、李小鹏跳跃的时代；那些无数个会议的夜晚。他们还记得吗？

他们就如我的两位可敬可亲的大哥，那么多年，希望他们一切还好！

但我那时那么不懂事，那年离开时，居然都没有好好和他俩道别，至今我都不能原谅自己。以至于每次回去也难为情去看望他们，更是难以原谅自己……

云南是一个奇特的地方，不仅仅因为气候和自然环境，更因为云南有一种贵族气质（Noble Spirit）！

云南人诚实守信，甚至有些忠厚，这是很多地方已经找不见的高贵品质。

也许云南的山水使这块土地天然隔绝于外界，从而保存了这些人类美好的精神！

也许是云南的山水本身就赋予了这一方人可敬的山水情结！

希望一直有清碧溪的碧水长流。

希望点苍山年年岁岁俊秀挺拔，点苍山下的大理人吉祥平安。

希望云南的山山水水保佑云南的企业，保佑云南人！

更希望云南的这种高贵气质可以世代相传下去……

接吻

到英国后有一件很尴尬的事是：接吻。

朋友见面要吻一下或两下。

所以，每次见谁都是有点紧张，不知道该如何做这个吻才是对的。

首先，到底谁该吻，谁不该吻？应该先从左边脸开始还是右边？到底吻一下还是两下还是三下？英国人不像法国人那样几乎是约定俗成，都是三下，左右左，或是右左右！英国好像没有规律可循，也就增加了尴尬的机会。

因为我正好选的是有关英国文化的课程，有一次也就大着胆子问了老师：怎么知道什么时候该吻，什么时候不该吻？

Steven 给的解释很绝，他说：凭感觉，有时就觉得该吻一下，有时双方都觉得不用。

这完全是东方文化嘛，丈二和尚摸不着头脑！

从此更是云里雾里了。

果然出了差错！

还是在发毕业证的关键时刻，我们这个文化课程毕业 17 个学生，年龄都很小，都是欧洲学生，就我一位成年人。双手接过毕业证，要吻一下，我肯定慌张加上紧张，我准备左边，他从右边，然后吻就落在了中间，引得很多学生大笑，我那一刻就想钻到地下消失……

把这么尴尬的事写出来分享，是我相信，每个人都有这样尴尬的时刻，只是尴尬的事不一样罢了。

我们的文化里朋友见面是不吻的，最早应该是隔着一点距离鞠躬吧，现在有握手、拍一下肩还有拥抱。

家人之间，太亲密而不握手，太害羞而不拥抱和吻。所以每次离开家人我都是只能靠语言，然后快速上车离开。

关于吻的科学和吻的文化，居然有一个专门的学科研究叫 Philematology——吻学。

首先都是好消息：

吻可以让人更健康，让皮肤更有光泽，可以减缓头疼……

脸上一个快吻仅牵动 2 块肌肉，但一个 "Good French Kiss" 正式的法国吻据说用到脸部 34 块肌肉，燃烧 5 卡路里，如果持续一分钟，将会燃烧 26 卡路里热量，接近小半个苹果的热量……如果热吻一个小时，你就不用去健身房了，可以燃烧掉 1560 卡路里。

世界上最长的吻的纪录是 56 小时 35 分 58 秒。也有更奇怪的法律：16 世纪，在尼泊尔公众场合接吻会被处以死刑！

还有，还有，每天早晨醒来吻太太的男士会比其他没有的长寿 5 年！

吻后的感觉有点像用过鸦片，有点失重、变轻的感觉……

Good luck！

昆明和那个龟蛇相交的图案

在昆明没有家的时候，搬过很多次房子，几件简单的行李，提着就搬走了，大观街、三市街……那时骑着自行车，大街小巷地窜，从南到北，从西到东，都只是半个小时。

也因此对昆明熟得不得了，每一条街，每一个弯，每一个街角小卖部的阿姨，和她浓浓的昆明腔……

我这个外乡人居然也有昆明活地图的外号。

后来做很多项目，每一个我们都给它们取一个精致而美丽的名字：波西米亚、创意英国，那么奇特的楼盘名字，当时却是大获成功；樱花山谷——北市中心的大好生活；凤凰城——城市豪宅惊现；湖畔之梦——在湖畔，听见翅膀的声音；公园道 1 号——我的家在世博国家公园；明日城市——柯布西耶的理想之城……

昆明被我们这小群热血青年的情感折磨啊，从南到北，昆明这么多美丽的名字让人浮想联翩啊……

但是，但是……

所有这些浪漫的名字都比不上老青年路曾有的繁华；比不上金碧路

那一排排的梧桐树，硕大风情、夏日凉爽、秋日叶子金黄；还有三市街，阳光下斑驳的老黄色的墙，街头那家毛线店、煮茶叶蛋和烤臭豆腐的小店，生意都好得不得了；同仁街那家扣子店，千百种扣子啊，都去哪里了？更别说宝善街好吃的黄焖鸡……

同仁街拆迁后，建筑师满腔热情要恢复旧日面貌，也就有了今天的同仁街，但怎样都没有原来的韵味和古旧！

旧是不可以造假的，旧是需要时间的，只有时间可以让旧从容而优雅！新却是便宜的，顺手随时拈来……

据说，昆明建老城的时候，被托梦，需要依据长虫山来建，也就是蛇，就有了龟蛇相交的图案，预示着百姓生生不息，吉祥平安……后来机场搬迁后，曾经地图上很明显的龟蛇相交图案最终被破了……古人的智慧和祝福、历史我们都可以不要，一脚踩在地下，然后扫进垃圾堆忘记……

为时已晚，为什么我们就不可以把老城留下来，建一个现代的新城在旁边，新旧互相呼应，就如 Valencia，就如巴黎……那样的话，我们的后世子孙会有记忆和荣耀，会有昆明夺目的三种颜色，会有文脉相传……

昆明也会因此增加多少游客？

游客会在昆明停留多久？

当然，我知道这个问题问得为时已晚。

有次回去爬西山，本来是蜿蜒崎岖一条小路上去，风情万种的山谷、松林、野花，还有蘑菇，却被挖开了，正在热火朝天修建一条大路上去，宽阔的大路啊，半山腰杀出来，车可以直接上去了……我却不忍看，不敢想，也决定不再去爬西山了。

是不是只有我多情却被无情恼？

对于每一个独特的地方，保持那个记忆的特征如此重要，是历史，是文脉，是一个地方不同于另外一个地方……

一个城市的伤悲，不只是让想回家的人找不到北，找不到家，更是失去了自己的风格和本色。

但还是爱昆明，因为毕竟还有大观楼，还有金殿，还有金殿山上的茶花年年开放！还有日，还有月，还有金马碧鸡日月交相辉映……

现在也有了地铁，地铁可以带我们回到老地方吗？

不会再丢失，希望如此……

爱昆明，大爱老昆明！

不是花，是花椒

花园里有三棵很珍贵的植物，却不是花，是花椒。

一次夏天回去昆明 Edward 请我们到他家吃饭，准备做最拿手的炒青头菌给我们吃，食材准备妥当，叫我去阳台剪几片新鲜的花椒叶给他，我出去又进来，居然不认识哪棵是花椒。

那也是第一次知道花椒叶子那无与伦比的清香……那清香留在心里从此不能忘记……

回来后就一直想找来种，查了网上无数的资料，很难找到苗，因为英国天气阴冷，不是很适合栽种，很多人也不认识花椒，通常被翻译为 Sichuan Pepper。

我买来种子，想自己播种，播种时机在秋季，在玻璃房里试了两年都没有成功，一直耿耿于怀……

后来老爸到英国那次，就请教他如何栽种花椒，他笑着说：他们小时候是把花椒籽放进牛粪，很快就长出来了。

多么朴素的民间智慧啊！

想想也是挺有意思，牛粪里面温暖湿润，正好适合花椒籽发芽需要的条件，还很安全，就像母亲的子宫一样……

终于费尽心思买到了苗，一次买了三棵，其中两棵四川花椒，一棵是尼泊尔花椒，叶子好像小一些，味道很难区别有什么不同。

都还没有开花，也没有结果，但有叶子绿绿的已经很开心了，即便叶子两面都布满很多针一样的小刺，但这不就是它的魅力吗？

那么致命的香味，需要有些什么去保护自己吧，就像玫瑰也是一样……

每次走过，我都喜欢用手轻轻摩擦一下或摘一片叶子在手中，试图去捕捉那么奇特的，熟悉温暖而又不明确的味道，那是一种一时难以描述的清香：新鲜扑鼻，柠檬味混合着麻味，还有木质辛香……每次都深深地吸几口，一会又想要了，感觉是毒品。

也只有很奢侈的时候，比如有客人来，才去剪几片去炒菜，放进羊肉或者炒蘑菇……

和花椒类似的应该是胡椒了，完全不同属的植物。胡椒是爬藤类植物，花椒则是灌木，可以长到很高大……

比起花椒，胡椒毫无争议是世界级明星，每年全球贸易佐料中胡椒占据 20% 的份额，可见胡椒的地位。

从 16 世纪开始，葡萄牙人专门为了胡椒贸易开辟了印度到欧洲的海上航运线，后来被荷兰人主导了胡椒贸易，在荷兰语中就有 Pepper expensive 贵如胡椒的说法，说明当时的价格非常昂贵，只有上流阶层才可以享用，甚至也被当作货币使用……

在中国公元 3 世纪就有关于胡椒的记载，也称之为洋椒，但胡椒在中国的地位远远比不上花椒。

花椒很中国，非常中国味道！

我有时暗自高兴，幸好历史上没有被世界发掘出去，花椒自始至终被我们独自享受着它的美妙，就好像家里的宝贝一直在家里没有被别人发现……

有一次，邻居过来问我要三颗花椒，她是位烘焙蛋糕的高手，说是试验一种新的蛋糕，需要加三粒花椒进去，我很骄傲地给了她一把，她很不解地看着我，她不知道，我们有多爱花椒啊！

如果要选择成为一种香料植物，我想我会选择成为一棵花椒树……满身芳香馥郁，有点神秘有些刺……

你呢？

高棉古国 ——奇迹和叹息

在亚洲南部一片浓密的原始森林里，有一个人类的奇迹，一个亚洲的奇迹，那就是吴哥窟……

去吴哥已是十多年前的事了……

那是一个独特的心灵享受，一周的旅行，上午看庙，中午回酒店午觉，下午继续看庙；很少有旅游可以这么单纯而美好！

从昆明直飞暹粒两个小时就到了，两个小时把你瞬间拉回到那个千年前的古文明……

那些隐藏在密林深处的宏伟建筑和庙宇让人时时念想，那些超凡脱俗，那些无与伦比，那些充满神秘色彩的故事和浮雕，那些回廊，那些古树缠绕的神庙，巴肯山的日落，那些日落下的苍茫……

吴哥古迹是高棉古国的巅峰之作，这个存在于公元 9 世纪初，持续了 600 多年的吴哥文明，建筑精美让人兴叹，但为何在 15 世纪初突然人去城空，一直是一个谜。

一个文明就这样消失在历史长河中，剩下这些庙宇独自在丛林中叹息！

多年来时不时让我有念想的不只是那些庙宇，还有庙宇外硬生生地赤贫，那些孩子们不停地和你说：One dollar, one dollar……还有那些破旧的茅屋，那些不能去上学的孩子，不堪一击的当地人的生活……

该怎样去理解这一切？

如此的辉煌和如此的现状鲜明得刺眼，如此生硬，没有一丁点过渡的中间地带，让人觉得不可思议。走出神一样的庙宇，回到现实，感觉"刹那间犹如从灿烂的文明坠入蛮荒！"

贫穷是什么神？居然可以这样肆无忌惮！

贫穷是何方仙？居然可以这般放任滋长？

我知道贫困是如此庞大和错综复杂，即便已经那么多经济学家花费一生的精力分析和研究，那么多的机构，那么多个世纪，那么多人，那么努力试图降服这个恶魔，这个恶魔却始终和我们的文明同在！

贫困有太多的源头和原因，有时人们无法控制：疾病、天灾人祸、腐败、政治、战争、低生产力、历史、不平等、教育贫穷等等。

每天收入低于 1.25 美元以下被定义为贫穷线。如果按照现有的世界经济模式，经济学家预测需要 100 年才能解决目前的贫困人口收入达到贫困线以上。

100 年！

贫穷不仅是一种慢性病，更是一种可怕的暴力！

抱怨没有用。当人们处于贫困，也就处于困境。困境让我们混沌和晕头转向，从而失去方向，导致更加惨白无力。越来越多人明白导致贫困的原因，提前有所避免；或找到更多的方法或方向走出来，这才是重要的。

是的，我们需要更多人关注，多问一些问题，理解贫困，然后有共同的策略和行动；使贫困最终成为历史，需要每个人，需要全人类的努力、协助和互助！

愿有一天这个世界每个人都可以安居乐业，不再有贫困。

愿吴哥古迹安好。

愿人类文明安好。

问天

为什么人类的寿命如此有限？

橡树可以活到上千年，茶花也可以很高寿，甚至乌龟自然寿命也比人类长，可以达到 150 岁。

人类为什么不可以活到 200 年、500 年？甚至……

这个问题一定问得很多人不舒服。尤其是崇尚自然和道家思想的人，这不是逆天吗？

为了不逆天，特别把今天的题目取名叫作——问天！

人类目前的长寿纪录是法国人 Jeanne Calment，122 年 164 天，1997 年去世，她在 13 岁时和梵高见过面……

意大利南部地中海有一个小岛叫 Sardinia，直属意大利管辖，岛上有 160 多万居民。这个小岛引起世界关注的原因是因为长寿，保持着世界上比例最高的超过 100 岁高龄的人口比例。其中包括很多男性，当地人把七八十岁称为：little one.

科学家试图揭开这个长寿的秘密，研究发现有以下因素影响寿命：健康的饮食习惯，主要是多吃蔬菜水果少吃肉；保持劳动或运动到老；良好的家庭关系和很多的朋友，朋友间的友谊会对长寿产生积极的影响……

当然，基因也非常重要。

回望人类寿命历史，其实可以看到过去的 100 年，寿命已经实现几乎一倍延长，1900 年以前人类的平均寿命约为 30 岁；1900 年左右，人类的平均寿命为 40 岁左右，目前全球的平均寿命接近 70 岁。

人类到底可以活到多久？

如果是没有疾病，人类是否可以无疾而终，是否可以永生？

近几年以来，科学界开始越来越关注人类这个千古留下来的疑问。

终于，我们第一次希望从科学角度去破解，或者说试图破解。科学界不再认为这个问题可笑，也不再觉得追问这样的问题没有道理！

比起始皇帝时代，我们具备了更多条件和科学技术，最主要的，也有了正常的理解！这本身就是一种超越。

英国剑桥大学著名的基因学家 Aubrey de Grey 在 2009 年就信心十足地指出：人类第一位活到 1000 岁的人已经出生。也就是说，可能目前五六岁的人就会有人会活够 1000 年。我们这样年龄的人也许有机会看到，也许没有，但至少有三分之一的希望。

获得的共识是：这个问题破解的时间已经值得期待！

这个进步非常大，20 年前，如果谁提出这样的问题还会被认为是疯子，但现在科学界已经开始埋头研究，越来越多的好消息不断出现……全球化以来造就的无数世界富豪们投入了大量的资金进入到这个领域……

毫无疑问，每一点里程碑的结果都将是惊天动地！

这个问题让人兴奋，这个问题颠倒了我们所有的人类思维理念……

想一想，人类已经在这个地球上创造了无数奇迹，首先，人类文明本身就是奇迹，我们登上了月球，我们可以在太空行走，这曾经不也是很可笑的一个设想吗？

近几年流行的 fasting 就是其中的成果之一——这就是饥饿理论：人在不吃饱的情况下可以延长寿命。中国远古已经就有这个说法。

但科学的解释是：人类在进化过程中，饥饿促使人体保持良好状态活下去，细胞不再快速生长死亡，而是对原有细胞进行修复，从而延长了寿命。这一理论在老鼠身上的试验非常明显，延长了老鼠平均寿命的 20%，这个 20% 放到人类身上，人类的平均寿命应该是 120 岁。

这个理论非常容易理解，英国现在有接近 10% 人在不同程度地 Fasting。最流行的方式是 5+2，每周两天只吃 500 卡路里（女士），男士 600 卡路里，其余 5 天正常饮食，这个不难做到，也很人性化。很多餐厅也开始提供限制卡路里的点餐……

我们前年也开始尝试，效果很好。首先保持体重很容易，其次精神状态反而很好，并没有因为吃得很少那天影响精神。

有兴趣的可以试一下。

我有时想象，如果人类实现哪怕 200 岁的平均寿命……

我们就可以不用这么匆匆，大学毕业还没有来得及谈恋爱，就要忙着结婚，婚姻还没有真正开始，就要忙着小孩子的事，孩子还没有完全长大，我们已经中年！事业没有时间照顾，恋爱也没有谈够，一生如此匆匆而过……

我们是不是可以有 20 年受教育，10 年旅游，30 年谈恋爱，30 年照顾事业，等到 100 岁再来想想要不要小孩，然后还有 100 年和孩子共同成长……

这样的要求很过分吗？我是不是有点痴人说梦？

如果是，请大家一笑了之。

两位永远不能在一起的情人

伦敦和巴黎，就像两位永远不能生活在一起的情人！

巴黎风情万种，婀娜多姿，充满情节和故事……属于巴黎的词汇一定是：浪漫！

伦敦则是低调奢华的风范，多元有内涵，有些陈旧、有些规则……伦敦如果要找一个词去说，应该只有：绅士！

巴黎有时尚周享誉全球，卢浮宫里的三位伟大女神：断臂维纳斯、胜利女神、神秘的蒙娜丽莎，冥冥之中引领着巴黎的女性特质；也不断有女性竞选市长；已经远胜于地标的埃菲尔铁塔、凯旋门、巴黎圣母院、蓬皮杜艺术中心、新的 CBD 拉德芳斯区；当然还有享有盛誉的咖啡文化、香榭丽舍大街上数不尽的时尚元素；也有塞纳河和河边永远的艺术家们……

和塞纳河的温情不同，伦敦几乎所有著名的地标建筑都在泰晤士河两边，伦敦塔桥、伦敦眼、大本钟、威斯敏斯特、圣保罗大教堂……一眼望去尽在眼前，让伦敦似乎有些胜出巴黎的味道；海德公园和市区奢侈的大片绿地……白金汉宫和全世界最成功的皇室家族也让伦敦魅力平添。

这些旗鼓相当的元素，注定了这两个城市将永远相互爱慕，也暗自竞争！

伦敦事业心很强，以投资、金融为先导，近几年来更是将创意产业做得风生水起，也试图抢走巴黎时尚潮流的头衔。

两个城市真正针锋相对、横眉冷对的时刻是上一届奥运会主办权的争夺战，大家都记忆犹新。伦敦最终获得主办权，得益于在投票事件上的智慧和谦和的绅士风度，据说法国总统最后时刻嘲笑伦敦说：奥运会怎么可能在伦敦这样的城市举行，那里的食物是全世界最难吃的。估计除了芬兰以外，正好芬兰还没有决定投票，为此巴黎少了关键性的一票……

不过从一定程度正好说明了法国人的傲慢。傲慢没有错，如果你真的有傲慢的资本，巴黎当然是有这个资本的！当傲慢称为一种风格后，大家就只好迁就，甚至原谅了，去过法国的游客估计或多或少都体会过那种法式傲慢……但还是不能够影响我们热爱巴黎！

巴黎天生丽质，出身名门！历史上路易王朝演绎的奢华生活大片让人们至今对法国充满想象和迷恋。但历史造化不同，法国皇室没有能够千古不朽，至今或多或少成为法国民众的遗憾，尤其看着邻国王子威廉姆大婚这样的时刻，遗憾尤其感触得真切……

但深谙时尚和休闲优雅的方式，加上风采绰约的城市建筑、傲人的历史使巴黎永远磁铁般的吸引着游客！

伦敦则是历经磨难，1666年大火毁灭了整个城市的三分之一还多，这场持续了五天的大火给城市的重创前所未有；当然还有维多利亚时代烧煤引发的严重烟雾污染，臭名昭著，污染程度严重区域能见度仅有几米，让很多人至今以为伦敦一直都还是雾蒙蒙的。

但伦敦可以挥金如土，是财富和投资者的天堂，多元文化吸引着国际富豪们前赴后继，纷至沓来！是经济全球化以来的世界新宠！

这两个城市的关系时而如热恋的情侣，相互信任理解，钟情于对方；时而嫉妒，相互攀比，而且怀恨在心。比如在游客数量上每年每季进行着无形的较量，有时伦敦领先，有时巴黎领先……

为什么感觉巴黎就是风情的女性，伦敦就是绅士也完全是感觉。估计和城市建筑、风格有关，但巴黎女性的魅力指数应该是最高的！那种浓妆淡抹总相宜，款款而来，优雅知性，而后风情而去……让你时时呆住回不过神来……

伦敦则更有男性化的特征，除了有些忧郁的气质，还有政客和感觉严肃的银行家们；如果你在清晨8点步入地铁，会看到灰一色的白领一族急匆匆如洪流来去，真的感觉这是一个男性主宰的世界……这样说或许有偏见，别把女王忘了，她才是真正的主宰！

伦敦和巴黎，我一直在想自己会选择哪个？

估计永远也决定不下来，到底会更喜欢哪一个？或许都不太喜欢，只是看路过的心情……

突然想到昆明和大理都应该是风情的女子吧？

我的故乡宾川则有些男子气概呢。

也许……

自然的节奏

　　人生会有很多交叉路口，也会有很多错位、错过；甚至会有好朋友相互遗忘的时候，或许是因为突然走进岔道，看不见其他人影，正好别人也不知道你在哪里；或许别人正好在忙其他事，暂时把你忘了。

　　这样的空置时段，是需要一个人在漆黑中独自走上一段艰难路程的，所谓守得住寂寞……

　　大约四五岁时，我有一次被父母忘记在了田间，那天随母亲劳作，当时是生产队。因为家里成分不好，父母一直很小心，非常努力地劳作，生怕被抓住小辫子。不知道为什么，那天就突然要到另外的地方完成任务，母亲没有让我跟随，把我一人留在了原来的田间，叮嘱说叫我等着，弄完后会来接我，后来他们太忙，把我忘了，直到天黑后很久……

　　听父母说我那么小居然很有耐心，一直等……估计也只有等。

　　长大后我却没有任何耐心，不愿意等待……有什么事快速了断吧，快刀斩乱麻，如闪电般，从不拖泥带水。

快速决策需要快速思考，有时来不及思考就已经做出了决定，这就是很致命的。

估计和我们从小的教育有关，每一件事都要求快，加速赶，自然也形成了一个奔跑的性格：

赶车，快；吃饭，快；工作，加快；去公园，快速进去，快速出来，快时尚，快旅游；快无处不在，快成为一种文化；成为很正常，成为一种大家都认可的生活方式。

我们忘记了慢悠悠做一件事的乐趣和精神。

感谢上帝，多年后，是园艺和种植重新培养了我的耐心……

因为自然是没有办法赶快的，每天都是一点点，有时很多天也是一点点，哪怕在这个欣赏妙赞的、分分秒秒点击率的时代。我有时实在等不及，就去刨开土看看嫩芽在哪里，由此折断那个未出土的芽，后悔不已，拔苗助长的代价啊……

由此觉得，热爱园艺和种植的人是最有耐心的灵魂了……

自然的节奏教会你植根土壤，缓慢地让你在这个世界找到位置生长，无论你多么希望一切按照你的节奏去办，最终你还是得跟随自然的步伐，缓慢而舒适，全面而有力……这是一个谦卑的教训啊！

当然，我发现，耐心也是有回报的，很多很多期待后的惊喜！

就如玉兰花从种子开始需要十多年才能开放得如天堂般美丽；就如需要整整一年才会有春天那个甘甜多汁的芦笋，那第一口的感觉啊，美妙得难以忘记……

世间有很多事是值得等待的，不是吗？有的或许值得等待一生……如果你有耐心的话，等待的惊喜可以如此这般地甘甜，一如春天的芦笋……

我很开心多年后又学会有耐心，再耐心……

心灵捕手

那天做梦梦见自己快飞起来了，感觉又回到二十八岁！

二十八岁是一个多好的年华啊，青春气息还在成长，脱去了幼稚，充满阳光和自信，感觉整个世界都是自己的！一切完美无瑕！

那是生命中唯一的完美时刻，几乎半年的时间，半年啊，真切地感受到生命的完美。

一份有未来的工作，刚买了房，搬了新家，痛快淋漓地忙碌着，一切春风得意，感觉自己前程远大。

顺利地结了婚，即便爱人不在身边，那又有什么关系。

我知道，我知道生活没有完美，人生也没有完美，但那半年，确实是我生命中完美的半年，我拥有整个世界！我觉得自己要飞起来……

那是唯一的一次……

从那以后，生活恢复了原样，不满意跟随着满意，形影不离……

是啊，人生有那么多的决策需要做出，每一个决策都可能出问题！上这所大学还是另外一所？这个专业还是另外一个？

毕业留在城市还是回去家乡？

什么时候结婚？要不要生小孩？

要不要开始素食？

要不要换工作？

要不要养一条狗或一只猫？

······

不同的决定就会是不同的人生······哪有什么见鬼的完美？

现在已经很适应有缺陷的日子了，没有缺陷就不正常。

即便这样，还是不甘心，还是希望成为一个心灵捕手，随时准备好去捕捉那不知什么时候会出现的刹那完美。

如果有一刹那完美，那就是心花怒放······那就是笑容如花！

那些瞬间完美到只能一闪而过，如雨后荷叶边的那颗露珠，需要捕捉······

一个不期而遇的幽默；一句朋友善意的赞美；突然悟出一点什么；听到远处布谷鸟歌声若隐若现；天气突然放晴；一棵的花开了又开；想到别人对你的好；想着那些激情时刻；看着美丽的夕阳落下；一杯美酒······

又比如天天在等待你的出现却又假装没有······一旦出现，那也是完美瞬间啊！

我愿去做一个心灵捕手。

去捕捉生活美好的瞬间。

老挝！老挝！

老挝这个国家听起来好像没有什么欲望……

但这辈子记忆中最美好的酒店是在老挝万象，M 说他吃过最好的披萨是在朗勃拉邦……

本来以为只是路过而已。

去之前也想象过她的面貌和所有的可能，只是没有想到她会如此风情万种。

那年春节回家突发奇想，为什么不从东南亚回去？

研究了一下地图，就决定飞曼谷，然后可以直接穿过老挝，过了磨憨口岸，不就是云南了？

到泰国很容易，尤其曼谷是个非常国际化的大都市。但老挝的旅游信息却是很少，不知道如何穿越老挝，一种说法可以坐船，但又说很慢而且不安全。另外就是大巴车，但山路非常难走。

只能先去了再说吧，见机行事……

从曼谷到万象的火车是晚上 8 点，非常舒适，服务极好，晚餐也是出乎意料的好！睡一个晚上，第二天的早上就到老挝边境了，下了火车需要再换乘老挝的短途火车，跨过友谊大桥，到达不是终点的终点，因为火车还没有修到万象。

下火车跟着一大帮背包游客，各个国家的都有，开始排队填报入境签证。还必须要准备好美元，只收美元。

然后坐上了一辆敞篷大拖拉机，只有这种车可以坐，大约 40 分钟，就这样到了首都万象。

万象，Vientiane!

Delightful, friendly, full of charm! 充满惊喜、友好，魅力无限!

据说是东南亚最干净的城市，也被评为世界上最美丽的首都!

有哪个国家的首都只有 80 万人口?

万象沿街有着数不清的当年法国人留下的美丽建筑和生活痕迹，当然也有很多东南亚特有的寺庙，两种风格混合，东方和西方的美丽交汇在一起。很多人会讲法语，每天可以看到当地人买着好几根法式面包回家，老挝人民也把面包做得一流……没有太多高楼，树影婆娑……

没有想到万象如此地国际化，满大街全是来自世界各地的游客，各种货币兑换点，英语也可以随便说。看得出很多游客已经爱上这里，开始把这里当作家；有的帮当地社区做公益……有的在经营咖啡馆，决定长期留居……

老挝，原来已经在这些年悄然成为国际背包游客心中的朝圣之地!

这里气候宜人，湄公河缓缓流过，民风淳朴到已经在世界其他地方再也找不见，生活节奏缓慢舒适，生活成本低，向东就是吴哥，向南就是曼谷，老挝踩着自己的节奏和步伐，以特有的佛家态度赢得了大家的芳心……

朗勃拉邦！
这个老挝中部，湄公河拐弯的地方金色小城……
颇有声望，果然名不虚传！
从万象到朗勃拉邦只有大巴车，本来七八个小时就到了，一早出发，应该在太阳下山前到达，但没有人可以说得清到达的具体时间，因为山路弯曲，有的路非常不好走。
我们的大巴居然在半山腰坏了，以为要在山上过夜，还好又及时换了一辆，经过 12 个小时颠簸，在晚上 9 点终于到达。
已是漆黑一片，全车人都已经累坏了，又累又饿，因为座位不够，大家轮换着坐，先生居然和一个德国人在车上聊得起劲，从环保到足球到政治，全车人安静地听着他们聊，一路娱乐大家，非常佩服，人在最艰难的状况下最需要一种乐观精神了……

如果说万象是老挝持家美丽的太太，那朗勃拉邦就是老挝袅娜的情人了！佛教堂、风情的街道，江边，坐着敞篷的游船出去，在湄公河上晚餐看日落是情人们可以想到的最烂漫的事了……

不忍太多描述朗勃拉邦的魅力，留下一些想象给大家去亲自体会！
因为好消息是：昆明已经开通直达朗勃拉邦的大巴车……非常容易去。直接在磨憨口岸申请签证就可以。
将来火车可以直接从北京直通万象然后到达曼谷，这样的话，毫无疑问老挝也将不是现在的老挝了……
神一样的老挝之旅，甚至我们在万象的几天就开始四处看房，觉得是不是要去那里定居？
每到一个喜欢的地方就犯这毛病，实在没有办法改了……

当我们大踏步走向城市化，当我们的生活节奏越来越快，我们越需要老挝这样的国家，这样的心灵家园，仍然很慢悠悠的生活节奏……
人们之间友好的氛围……仿佛梦回旧时光。
是的，全世界都需要这样的地方，一个可以心灵朝圣的地方！

苍山红杜鹃

　　这几天大家都在讨论苍山西坡看杜鹃花之事，搞得我也十分心痒痒。

　　想到在我们居住的英格兰东部诺福克郡一个叫 Sheringham 的海边小镇也有一个杜鹃花公园，300 多亩的山坡上几千株上百年的杜鹃花年年开放，灿烂夺目，每到春天也去看花。

　　据说很多的杜鹃来自云南。

　　但闲庭信步看花远没有野外探险看花的乐趣，少了那种风光在险峰的感觉，少了那种望穿双眼、历尽艰辛、迫不及待的，然后淋漓尽致的感觉……

　　要去看险峰的花，当然需要历经辛苦！

　　但也有一路上的风景，记得吗？路边那些不起眼的石头、沙子，路两边有些枯黄的小草，不知名的野花零星地开着；斑驳的阳光穿透过高大的松树枝，松树下厚厚的松针，想想几阵雨过后，潮湿的松针下也会有野蘑菇长出来。

　　还会有不知名的山雀，呼地飞来又不见了，再也寻不到踪影；还会有蝴蝶，一两只松鼠，更深一些的路边偶尔会看到猴子们，开始是一只，两只，然后是一群……

　　一转弯，开始一段陡峭的路，黑色的岩石，远处看有点像龙的身体。回头望一个个山谷，一片片开阔的绿色近在眼前；天上几朵云随意地飘着，远处的小村庄很安静，微风送来阵阵凉意。

　　也许转角处还会遇到一个农夫，黝黑的皮肤，宽厚的笑脸……

　　也许会误入歧途走入岔道，悔不当初；

　　也许会脑袋空空，什么也想不起；

　　也许会突然开始想念一个人……

　　然后就有腰酸腿疼，口干舌燥，累到气喘吁吁，累到一屁股坐在地上不愿再走；

就在想要放弃时，我们看见那些大朵大朵的红色，大得都有些不真实，一片片，一团团，一簇簇向我们开过来，让人睁不开眼，辨不清方向；

那是高潮的到来……

那就是红色的杜鹃啊，那就是情怀的高潮！

有人牵挂

想起很多年前，大概是 2002、2003 年的样子吧，有一次把车停在昆交会外面进去里面和电台做一个节目，中午赶着进机房没有吃饭，做好节目快 5 点了，还饿着。想着工作结束，可以去吃点东西了，很开心。

没有想到回到车旁，一下呆住，看到满地碎玻璃，车被砸了。

当时的感觉是完全不知所措。

包在车上，包里有家的钥匙，有钱包和所有的信用卡，没有钥匙回不了家，没钱吃饭，信用卡需要锁，一下就慌了神。还好有手机在，赶快打电话，但那一分钟我突然怔住了，打给谁？

好像没有一个人可以打，原来的先生在北京工作，多年来已经习惯了不报告坏消息了，因为他会比我更慌张。

想来想去，最后报告了我们公司行政部经理 Maggie，把它当作公事处理算了。当然，最后还报告了警察叔叔。警察来了，让我跟他们的车回警察局，没想到我还把警察的车跟丢了，一气之下，把车停在路边大哭了一场……

那次以后意识到，在最困难的时候你首先想到要报告的那个人就是你生命里最宝贵的人了……只要有一个就足以平息你的慌张和不知所措……

后来又发生了一件事……

前年我和先生在巴塞罗那被抢劫，晚上 11 点多了，两人手牵手在街上瞎逛，在大教堂前面被抢。我明显比先生要平静，因为有过无人救援的最坏情况。最后到了警察局做了报告，第二天又回去和西班牙翻译一起写了整个抢劫的过程，很是艰难。

在坐火车回英国的途中，想到这么多年来，我们俩自由自在惯了，去任何地方，说走就走，从来不用向任何人报告。那次回来以后，我们就每次离开家，哪怕只是一天，我们也报告邻居，那对亲如家人的朋友 Sally and Wink。 这个习惯一直持续至今。

是啊，人生不仅需要离你最近的那个人，也需要一些好朋友，你可以向他们汇报你的行踪，让他们牵挂。

被牵挂也是一种难得的幸福……

梵高

必须要说一说梵高。多年以前拜访普罗旺斯的那个阳光饱满的小镇，无意间惊吓于他的惊天举动——和他的画家好朋友争吵后，当晚，在那个远离故乡的南方房间里削下了自己的一只耳朵。

我从此认为他是那个疯狂古怪的画家，不食人间烟火。

没想到在阿姆斯特丹如此近距离接触的他是如此的两个人。有着普通人的择业痛苦，曾经无处可去不得不搬回家和父母同住；画如此之多的自画像是因为无钱请到模特；他认为普通人是值得尊重和歌颂的，从而把自己的理想认定为去表现田间劳作的普通人。

因为他执着地认为劳作使人们无限美丽！

他对生命的品味个性张扬，选择一种花吧，不是玫瑰，而是谦卑的向日葵，不是单纯的娇艳，而是充满生命的色彩和饱满；还有那些自画像，戴着草帽的、叼着烟斗的；那双靴子，陈旧粗糙……

如果从正常人的标准来看，梵高的一生是奇怪的，是无解的，一如一个无解的方程，无解得没有开始和结束。

他的一生，有的是非常规、僵局、岔道，甚至反方向；有的是遗憾、泪水和挣扎；有一言难尽、故事曲折；有放不下，也有笑容如花；有惊心动魄、万马奔腾；有迂回曲折、耐人寻味；有说不尽的酸甜苦辣麻……

在他短暂的 47 个岁月中，一共留下了 850 多幅画，1300 多幅画稿，可以想象他的一生该是怎样的努力！

从这个意义上说，梵高是上帝的宠儿，通过努力找到了自己的天赋，并让世人从此敬仰……

为他喝一杯吧，就在今晚……

当然，如果你有幸有着一个正常有解的人生：

有答案、有顺序、自然而然、水到渠成；有一份稳定体面的工作、有恋爱、有结婚，有 1-2 个孩子，有房子，一份银行按揭，一个家；也有书读、有休闲、有好朋友、有家人围绕；有好睡眠、有美食、妻贤子慧；
还会有天伦之乐、儿孙绕膝……

　　那么，请珍惜！

蝴蝶飞飞

今夜脑袋空旷如原野……

想起小学时候，语文老师特别负责任，每个周末都叫去她家附近背书，只是那时记忆力实在太好，几个小时需要背诵的一会儿就滚瓜烂熟，然后就去追蝴蝶……

我那时有个奇怪的爱好就是把好看的蝴蝶夹在书本中，淡黄色是我的最爱。只要看到好看的蝴蝶我就风一样追去……田间路上，直到那只可爱的蝴蝶成为僵尸躺在我的书中。

实在有点不可理喻。后来好多年一直到现在，我都还会为自己这个爱好感到羞愧和后悔……

不知道能为蝴蝶做点什么可以弥补自己的无知和粗野？

我是不是可以多种一些花，让那些记忆中翻飞的蝴蝶飞来啊！

或者和它们说几句乡音？

多年以后住在陌生的国度，说着陌生的语言，吃着陌生的饭菜，想起乡音来内心都会悸动。

有时想起一个小时候常用的词，在大脑里和自己发一遍音，感觉好爽！没有人听得懂，没有人知道你从哪里来，要到哪里去？

离开故乡的人啊，我们花多少时间和代价离开，估计也会花多少时间和代价回去……

而我曾经却是那样执着而刻意地要把乡音忘记，让人猜不出我从哪里来；乡音如那件粗布衣裳，离开时我急切脱下换上都市时装。还好多年后再次找出来穿上还继续合身而舒适，没有发胖和变样……

只是也有些遗憾，大脑思考的语言已经完全混乱，还好乡音不需要思考，只是自然而已。

我可以等，等待岁月的成长，等待那些成长中能量释放的时刻，等待花开，等待蝴蝶飞来的惊喜；

那一刻的惊喜仅仅与自己在一起，与乡音在一起；

那一刻如诗歌般的到来，那一刻与任何人、任何事无关……

只和年幼时美丽翻飞的蝴蝶在一起。

爷爷奶奶

"When the times going by, my dear, don't be afraid, I will be the last shadow in your eyes……"

"当时光流逝，亲爱的，请不要感到害怕，在生命的最后那一刻，我一定会是你眼光余波中最后看到的影子……"

这句英文很美，这样的爱情很美！

在我的生命里，我的爷爷奶奶就拥有过这样的绝世爱情。他们俩都活到高寿。记得有一次，奶奶忧心地对爷爷说：如果你先走了，那我就没有人照顾我了。爷爷年龄其实比奶奶还大几岁，爷爷一直很开朗，当时就笑着半开玩笑地对奶奶说：你放心，我一定在你的后面才走。

我当时还小，听不懂这些话。但爷爷果然实现了他的诺言，奶奶先离开我们，爷爷在她走后的90多天离开了我们……

他们的一生不弃不离，走过无数的风雨，曾经也绫罗绸缎，骏马车夫，拥有过大宅豪院，宽大田产；后来评为地主，家财全部被没收，重新盖上小茅屋避雨，可算历尽艰辛，最困难的时候只有一条裤子……

但奶奶却是我生命中见过的最优雅的女人，连妈妈也说，成为地主的另外一个原因是奶奶过于美丽的气质，惹得很多人嫉妒。

爷爷去世的时候我在巴黎，没有人联系上我。在他们的有生之年，太过于忙碌，没有带他们去看一看我昆明的家，成为我这一生最大的遗憾……

想念他们可能也是由于清明吧……

但感谢上天给我那么多年和他们生活在一起，在他们身边长大，那些岁月成为我生命中的财富。记得我离开家前，爷爷把我叫进他的房间，送给我一句话：凡事三思而后行。我有时后悔没有太听进去……

我相信传奇的爱是存在的，可能是不同的形式和方式而已，我也一直相信姐姐说的：爷爷奶奶从来没有离开我们，他们一直活在我们的心里……

围巾

　　我猜，这个世界上大部分人都喜欢收集一点什么……有的收集邮票，有的是老照片、打火机、开瓶器，我还见过有收集小勺子的，不同设计的小勺，各种千奇百怪。

　　如果是国家收集，当然就有了博物馆。

　　我工作后开始痴迷于围巾，开始是希望在有限的服装投入上，可以每天有变化的风格，每天不同的围巾感觉就是完全不同的自己，一段时间很是得意自己的老谋深算。

　　因为对专业人士来说，需要每天的新鲜信心，而且每一根头发都需要在掌控之中才是训练有素，才能百战百胜。

　　后来就上了瘾，一发不可收拾，见到围巾就买，同事和朋友也开始帮忙，每次出差都带围巾回来给我，我每天搭配不同的围巾，不亦乐乎，围巾为自己的形象立下汗马功劳。

　　几年下来，有长的、短的、各种花色的、各种材质的，各个国家和地区的，好几大箱，到我离开中国时，已经有远超过上百条的数量……

　　可悲的是，人一旦有了习惯就很难改变，到了英国后，变本加厉，继续，继续……

　　有一天在整理围巾的时候，M 很不经意地说：你那么多围巾，应该考虑捐给慈善机构一些。我一下就愣住了，不知道如何回答是好。

　　突然开始对拥有那么多围巾感到害羞……从此我也停止了购买围巾，不仅围巾，衣服也从昆明的一整间房间到一个两门的衣柜，现在已经不是很买衣服了……也已经形成了习惯。

　　我后来想，人有时是很容易贪婪的，正如懒惰一样。通过管理和控制，我们可以适度拥有，我们可以成为更好的那个自己，不是吗？

　　重要的是，快乐并没有随之减少，反而奇怪地增加了……

　　因为当我们不再关注物质和外表，内心和感受就变得重要了，不是吗？

茶花

我其实一开始不是很喜欢茶花。虽然有杨朔的美文垫底，还是一直对茶花没有感觉，总觉得开得那么大朵， 加上很多的颜色都是要么粉要么红，配上绿色总有点太那个了，傻大傻大的，颜色不搭调啊！

后来搬到乡下这个房子，有很多棵茶花在房子侧面，已经在那里有二十多年了，3米多高，我也没有太多关注，因为我热爱的其他的花需要我的关注。

我热爱那些小的花啊，那么甜蜜可人、娇羞精致，比如甜豌豆花，比如铃儿草，比如雪点（snow drops）， 比如圣诞玫瑰。

我还喜欢那些长串的花啊，那么优雅迷人，比如羽扇豆（Lupin），比如燕雀花，还有那个狐狸的手套（foxglove），还有所罗门印章，它们才是我的最爱，我要把时间给它们……

就这样，我忙于除草，施肥，有野兔来了，嫩芽被吃掉了，有飞蛾来了，需要药物，还有地下的土拨鼠，破坏了花的根，还有大风来了，刮倒了娇嫩的枝叶……哪有那么好栽的花，我忙得不亦乐乎。

从来没有想到去照顾那几株高大挺拔的茶花。

茶花好像也不在意，月月常绿，年年三月底准时开花一直到五月结束。年年如期而至，开花时也没有任何的麻烦，自顾自地开，自顾自地灿烂。我唯一做到就是开完花后略作一些修枝，否则侧面的小路就给遮住了，仅此而已。从不需要浇水、施肥、照管，甚至可以忘了它们的存在。

就像那个成绩好又听话的好学生，不迟到，不早退，考试表现好，就反而容易忘记他们的存在，反而那些调皮捣蛋大王才让人操心，也让人记忆深刻……

后来院子里的老房子修好，先生希望把侧门打开，把柴棚移走，这就意味着要移动那几株茶花，我突然非常舍不得，据理力争，坚决不让动。我才知道，我已经离不开它们了。它们是我的园艺好学生啊，那么优秀，优秀得让你觉得理所当然。优秀得不需要夸奖。

现在它们还好好发在那里，先生已经不再提这茬了，一提就要爆发战争。

我的茶花也已经成为我的热爱，虽然这个热爱姗姗来迟……现在，每年等待茶花开放如同在等待一场爱情，你知道它会如期而至，你知道它不会负你……

而且我现在还知道，茶花居然是最长寿的一种花，据说昆明有500多年的，大理还有一株据说已经接近1000年，可以和橡树媲美。

那么，千古的爱情是不是也是这样的，任岁月流逝，千年万年……

我决定，今年开始，我不再修枝了，让它们自由地生长，向着天空，向着太阳，向着远方……生长！

工人师傅 Sean

明天我们的建筑工人师傅 Sean 就要回来了，Sean 是我们的 Builder，一个典型的英国人，Very shy，非常害羞，不大说话，不是不大说话，是几乎不说话，如果你和他工作一天，你不和他说话，他就会沉默整整一天，不说一句话。

说他是工人，是他可以做任何工作，哪怕有些完全微不足道，比如窗户关不上，屋檐上的落叶清理，水管堵住了……

说他是师傅，是他木工很专业，可以做家具，可以砌砖，可以铺地，可以接水管，可以自己盖一所房子，可以……知道几十种不同工具的使用……

他的太太是个博士生，研究低碳环保的专家，曾和先生是同事，也因为这样和他认识，这样的婚姻在中国也许不被看好，但他们却很幸福。

有两个青春帅气的儿子。

几年前他们夫妇突发奇想，卖了房子，带着儿子移民去了新西兰。一年半以后又回来了，实在不适应那里的生活，说那个地方天高地远，很美好但好像没有文化的感觉。成为大家的一个笑谈……他们倒也无所谓，说，反正尝试过了。

Sean 喜欢做的一件事是去野外 Camping，也就是野外宿营，我有次问他：你们去宿营都做些什么？他想了一下回答道："Nothing, doing nothing, Sometimes it is very good doing nothing." 什么都不做，有时什么都不做就很好。从此让我感觉他很有哲人的感觉。

他以前都是自己带着午餐来，他的午餐简单到让人发指的程度，本来就是素食主义者：一点蔬菜叶，一个苹果，一点剩下的冷的意大利面或者一袋薯片，一天繁重的工作全靠茶加糖养着了。

我实在看不下去，主动提出给他炒蛋炒饭，他每次都吃得好开心。就这样，一周五天，蛋炒饭，饭炒蛋，鸡蛋和饭分开炒，三个方式轮换着……明天要开始蛋炒饭了。

希望大家有时间的时候也可以像他一样：Doing nothing 试试，把手机也丢在一边，让自己享受一些无事可做的时光！

恋爱的味道

不再喜欢夜晚，喜欢清晨醒来，听到窗外鸟儿在歌唱，它们在幸福地忙碌着，该筑巢的筑巢，该引凤的引凤。

喜欢在下午四点樱花树下准时喝一杯咖啡，听到旁边玫瑰的嫩芽在长大……自己的身体仿佛也随之成长；春天的花已经在开放，我在小心翼翼地盘算着繁华；我这是又恋爱了吗？还是过于爱上这人间的四月天？

恋爱的味道是什么？

恋爱的味道是花的味道吗？紫罗兰、郁金香、金银花、山谷的幽兰；恋爱的味道是四月天的味道吗？莺飞草长、含苞欲放。

是花蕾还是玫瑰的嫩芽？是雨后绿草上那滴水珠，还是清晨鸟儿的鸣叫？

恋爱应该是每一天都不一样，每一天都有恼人和惊喜吧？

恋爱的味道是孩子野外玩耍的调皮，狡猾的那个笑，非要赤着双脚奔跑，硬要踩得满脚的稀泥还不肯回家，还有打结在一起的头发……

恋爱的味道是温暖如寂静冬天的火苗，是浴缸里泡一个热水澡读一本你爱的书的舒适，恋爱还是那个诱人的红苹果的味道，光滑的、闪亮的在你的手里，咬一口甜甜的汁从下巴流下来，然后开始感觉胃暖暖的，有些痉挛和疼痛混杂着的快乐……

恋爱还是一场战争，恋爱的味道是战争硝烟的味道，有意无意的打情骂俏中的斗智斗勇，火和热量的交织，如同战场上燃烧的烟火，弥漫着，低沉着，咻咻作响，那是一种毁灭的痛感，一种燃烧时灵魂喘息在死亡线上……

恋爱是整个宇宙在燃烧……从远处深邃的那颗星开始，一点点蔓延生长到无限，那些火苗啊……是整个宇宙在燃烧，硝烟四起……野性蓬勃……

无论你在生命的哪一季，尽情享受它吧。

逃跑主义

　　人生有时需要逃跑主义，为安全、为面子、为避免尴尬。

　　我就有过一次难忘的逃跑，在河南，在郑州。

　　那年（大约是 2003 年）在郑州接了一个地产顾问项目，开始我们都不是很愿意接，因为要去河南总觉得有点那个，江湖上流传着太多的趣谈和笑话，使河南的口碑和形象都很有些问题。后来还是接了，原因是几次接触下来觉得杜总和普通的开发商不太一样，很有文艺气质，张口就是古诗句。项目被我们取名叫作"郑州森林"，我也因此有一年时间十多次往返于中原和昆明……

　　河南是如此有意思的一个地方，是中华黄河文明的摇篮之地，占据中原的核心，位置要害已经不是枢纽一词可以概括，怪不得有得中原者得天下的美誉。 太多历史上赫赫有名的都城都在河南: 开封、洛阳等等从商朝时候就有记载。就是这位杜总，身材高大魁梧，心思细腻得很。工作会议之余，会带着我们到洛阳，享受洛阳水席；到开封，吃尽开封名小吃；到白马寺，到洛阳石窟，到黄河边吟诗……

　　最绝的是，有一天开

会开得很晚，说要带我们去一个地方，很神秘的样子。去了才知道是桑拿中心。 进去以后想想不对劲，自己多年的专业形象啊！快速穿了衣服一溜烟出来，打了出租车逃回酒店；第二天还好大家都没有提起这事。算是松了口气。

当然，后来得知杜总是杜甫的后人，也就不奇怪他的古诗词和他的文艺气质了……没有问过他是否很欣慰，有机会实现他祖先的理想：安得广厦千万间，大庇天下寒士俱欢颜……多年没见，希望他一切安好！

后来项目圆满完成。那以后我一直对河南有很好的印象，但为什么河南在全国人民心中口碑很差？一直纳闷，想找到原因。

后来偶然读到一本书。这本书是英国卫报驻中国记者 Jonathan Watts 写的《When a Billion Chinese Jump》，他游历采访了整个中国，写了这本关于中国环境恶化和目前的改进工作的书，其中谈到了河南形象的问题，他用了大量的数据解释了原因：人口密度过大造成。河南历史上一直都是人口密度最大的区域，目前还是第三，人口密度 554 人／平方公里。人口密度大，造成资源短缺，竞争加剧到了一定程度就开始恶意攻击，不择手段以获得生存，欺诈和犯罪等无道德行为随之泛滥，也就直接导致了坏的形象和口碑。我觉得他的分析有可信赖的依据。

河南的简称是：豫。远古时期，河南曾经河流纵横、森林茂盛、水草丰美，有很多大象出没……让人遐想啊！不知道是否会有一天，中原真的会重现森林美景？

我还是选择相信……

生和死

——写在同学突然离开这个世界时

今夜，我只想闭嘴；今夜，没有笑容没有花；
今夜，我们的思想在漆黑的夜空挣扎……

那些发生的、没有发生的谈话、笑语；那些抽完的、没有来得及抽完的烟；

那些喝过的酒、喝醉的酒话……都已经在风里，答案也在风里，或许，或许就没有什么答案……

没有死亡的世界会是什么样子，人类已经失去追问的勇气。

千百年来，我们只是接受，再接受；面对，再面对；死亡是如此诡异，我们甚至从来看不清它的模样。死亡又是如此确定，每个生命最确定的除了生，就是死了……

我们越来越糊涂了。每个人在出生时是不是就已经被设定了密码，那颗被定了时间的炸弹？

如果生、死、遗憾、快乐……都是我们接受的这个生命的包裹中的部分礼物，那么该如何拆开这些礼物才是正确的方式，才是最好，还是我们根本都没有选择，只能接受或是祈祷？

如果我们接受这个人类最大的悲哀，那么，我们要用什么样的智慧

去面对这些包裹打开的瞬间，用什么样的感情才能承载住？

今夜，眼泪和悲伤肯定是会有的……
眼泪和悲伤之后呢？

或许也有另外一种方式，或许庆祝这个曾经有过的鲜活的生命也是一种方式……他的个性，他的独一无二，他的热情……如果这样可以让生者顽强并且继续……

今夜，我只想读一些诗，让诗温暖我们，我想起了山、山谷、宇宙、时空……

今夜，让我们互相取暖……

Where he is， where he was. Was he alone in the darkness. Crazy for the one thing， while looking for another……

生活在诺福克乡下

生活在诺福克乡下

家门口那只小刺猬

那些长串的花：羽扇豆、燕雀花

所罗门印章

香草花园

最爱的甜豌豆花

58

鼠尾草

曾经想写一本有关香草的书，后来终于半途而废。也没有太责怪自己，不能每件事都要求成功吧，原谅自己、接受自己的失败也是一种智慧，对吗？

有一种古老的香草正好和智慧有关，这就是 Sage，鼠尾草，英文也有智者、圣人、贤明的意思。Sage 是世界上最古老的香草之一，古埃及人和古罗马人都有使用的记载……英国人在圣诞节烤火鸡时一定会在里面塞满 Onion & Sage 的干料；也可以用作茶饮；至于和智慧有关，可能与科学证实 Sage 有提高大脑活动能力、增强记忆力有关，现在已经在用它来研发药品治疗老年痴呆症……

至于为什么中文叫鼠尾草不得而知，和鼠尾没有任何联系，中文名字有时就是这样百思不得其解，太有智慧了。

Sage 常常让我想到 Charles，我们剑桥的好朋友，一个极其智慧的犹太人，七十多岁了，目光炯炯，他参与成功开发了计算机的 CAD 程序；对每一个事情追根问底，没完没了，我有一次从中国带了一个普洱茶送给他，他随后写了一封邮件来了解这个茶有关的所有问题，看着那一连串的问题，深深为这种钻研精神和好奇心感动。

我们有时习惯道听途说，一知半解，不了了之，有时懒惰啊，没办法，赶快去买了很多关于普洱茶的书研究回答他的这些严肃的问题，感觉是写了一篇论文……

后来总有点害怕他，每次他都一定会问问题，不同的问题。而且每次听说他要来看我们，我都赶快去花园准备，看看我是否记得所有我种的花的名字，拉丁名名字啊，记不住就写个小标签在旁边，怕他问到回答不出来啊……感觉像是要考试。

他让我知道，智慧应该是和逻辑、缜密的思考、严谨有关。

智慧的人还让我想起丘吉尔，这位二战期间的关键领袖，智慧和勇气让世人赞叹不已，后来欧盟的成立直接和他相关；也让我想到布莱尔，虽然大家对这个英国的首相目前褒贬不一，因为受布什影响参与了伊拉克战争而使他的形象大受打击。但我以为他是一位我们这个时代难以被超越的、才情兼备的政治家，听他演说简直就是一种享受，他的风趣、魅力、应对能力和对语言的驾驭能力让对手也时刻紧张……

　　当然，可以和布莱尔媲美的政治家还有克林顿，他们两人堪称世界政治界的经典；有趣的是，也让我想到莱温斯基，这位牵涉克林顿性丑闻的那位值得同情的年轻女孩。今天正好看到一个她的演讲，二十多年后，她首次出现在公众面前，讲述她的苦痛挣扎的经历，让人泪下，我有时会想到她，这位第一次因为互联网而成为全球性丑闻的主角，后来的人生该需要多少的勇气和智慧才能一路走下来……不是每个人都能够做到，尤其是当你还年轻，犯一个错误是多么容易，22岁，而且是一个关于爱情的错误……

　　这么说，智慧应该和勇气也相关吧，要不，再有智慧也难以坚持下来……

　　佛家则认为智慧是：平静、平和的心境和精神状态，良好的自我约束，简单，不憎恨、不恐惧。

　　我也非常认同这个解释。所谓大智若愚啊！
　　智慧当然也和努力有关，不然怎么会有勤能补拙呢？

　　鼠尾草，这种常绿、多年生的香草，难道真的和我们人类的智慧有关？我们需要智慧常绿啊，也需要智慧永恒！

　　这个复杂多变的世界，越来越多的问题出现，全球变暖、战争、独裁、恐怖主义、疾病灾荒、贫富差距拉大、经济萧条，还有贫困和死亡，都需要全球性的大智慧去面对、去解决啊！

　　给我们的世界多一些智慧吧……

一个真实的故事

　　这个周末读到一个真实的非常感人的故事：Jess & Mick，一对年轻的夫妇，在他们的孩子出生前六个月得知将会是一个无脑儿，一种很少见的婴儿大脑停止发育病症，这就意味着这个孩子出生后只能短暂存活几天，或只有几个小时，甚至完全不会有呼吸。

　　当然，这个消息对任何父母都是致命的，但只能接受，经过思考，他们希望孩子出生，哪怕只有很短的时间相见，对他们也是意义重大……

　　他们也同时希望有两件事情发生：第一，他们希望孩子可以接受洗礼；第二，他们希望可以将孩子的器官进行捐赠。

　　这两件事都是对生命的认真的庆祝。他们做到了，孩子存活了 100 分钟……

　　他们证明了，他们的孩子不仅仅活过，而且有尊严和价值地活过，哪怕只是 100 分钟。他却用自己非常短暂的时间挽救了另外的多个生命，让其他生命绽放和繁华，不容任何人质疑。他们的孩子死了，却是有价值地死去……

　　这让我想到人的价值是什么，What it means to be a person?

　　直接地，这对年轻夫妇的举动也会让更多的人去思考器官捐献的问题，器官捐献让死亡变得更有尊严和意义，不是吗？

　　不仅仅只是失去，而是另外一种再生，有尊严地再生；这样一种尊严是否可以看作是"人性的光辉"在哪怕最后一刻也在闪耀？一种人类的团结。

　　我想，他们的举动也会给世界上更多面临类似无助的人带来一些勇气吧，还有思考：以一种积极向上的思维去理解生命和死亡；而不仅仅是悲伤和无助。

　　这是无价的。

　　这种积极向上和向善，是只有人类才有的追求超越的精神，是人为之人而不是动物的高贵品质……

诗歌和疼痛

这个世界又开始流行诗歌了！

尤其惊艳的是于秀华。这当然是好事，说明大家终于有一点时间照顾自己的灵魂了，或者是，我们开始感觉到生活残缺的美丽和痛感！

正如秀华的诗，让我们如此真切地重温生命中的各种疼痛……

诗是我们人类所有的情感结晶体。从老得看不清的远古至今，那些窈窕淑女，至今还是君子好逑，多少英雄和风流人物逝去，唯有诗歌留有芳香……

诗是我们的精神食粮；诗是爱，诗是苦，诗是倾诉的柔肠，诗是灵魂深处的挣扎和喘息；诗是晴空自由鸟儿的鸣唱，诗是玫瑰吐露的芬芳，诗是傍晚萤火虫的点点闪烁；诗是远古的情怀，诗是明日的畅想，诗是此刻眼中的泪光……

我们只有一个生命，只能选择一种生活，生活常常只有一个方向，我们在诗歌里幻想和体验另外一个人生的样子、另外一种生活，就如电影《英雄》中湖面上那段意念中的绝美之战……

我发现我已爱诗如命，原来那个眉头一锁、双手一挥、不留情面的铁石心肠已经找不见，剩下这颗多愁善感、不堪一击的灵魂，连吃碗面也吃得流泪……但比起于秀华诗中的痛感，我已经是过于舒适和奢侈……

完全等不及要去买她的诗……完全等不及要去享受那些痛感……
看她的诗句，感觉她就是那个诗歌界的梵高……

一条河和大地一样辽阔
我不停颤栗
生怕辜负这来之不易又微不足道的情谊

哦，我是说我的哀愁，绝望，甚至撕心裂肺
因为宽容了一条河
竟有了金黄的反光

愿大家梦见诗……

英国这个国家

一直想要说一说英国这个国家，但有时觉得这个标题太大，无从说起……英国有很多古老的智慧，和中国一样。

不同的是中国大而美好，英国则是小而精致，小到如一只古老的怀表随时可以揣进兜里。对啊，英国就如一只古老的怀表，有趣、精致、优雅、走时精准。

英国是一个有趣的国度……

先说喝茶，英国是一个喝茶着迷的国家，就算这个国家根本就不产茶叶，却可以每天喝掉 1.65 亿杯茶，平均每人每天三杯，天天如此，雷打不动，想想也是一个不小的奇迹。

当然，喝咖啡也不少，平均每天喝掉 7 千万杯，平均每人每天 1.1 杯左右。

我们日常喝的英国红茶其实大部分来自印度和孟加拉国。

喝法很简单，加一点牛奶，加一点糖，英格兰是先把牛奶倒入杯子再加入茶水，而苏格兰正好相反，各自都认为自己的方法是最好的，英格兰人认为，不先加入牛奶怎么知道要倒入多少茶水，不同的争论则是苏格兰人，无休无止。

而喝茶的历史比起中国也非常短，直到 17 世纪茶叶才传入英国，开始都是上流社会有钱人家才喝得起，茶叶都是锁在壁柜里，女主人才有钥匙，佣人没法自行取到……

如果你问一个英国人：Would you like a cup of tea？回答通常不是 Yes，也不是 No，而是 Why not？

英国的有趣还在于，传统和现代可以如此交融，一点没有觉得别扭；一方面 Facebook and Twitter 泛滥成灾，另一面传统的信件来往仍然是生活的主角，邮递员周一至周六每天来往送信，遍布每个角落的红色邮箱我至今感觉里面奇妙无比，信丢进去，贴一张 First class 邮票，第二天准时到达它要去的地方。

想起刚到这里时，收到一张荷兰同学的明信片说：说她很抱歉当时走得太匆忙，没有很好地和我道别，很惊喜，决定也回寄一张给她，丢进去了，然后才反应过来忘记贴邮票……寄信这件事离我们已经很久远了……

多种矛盾共存，前一秒可以绅士风度，满口的礼貌，下一秒就是一个完全不认识的疯狂球迷，声嘶力竭、面红耳赤、口出狂野；在这个神奇的国度，对足球的热爱，远远超出你对一个运动的想象……

要命的是，不只是足球，足球休赛有橄榄球，还有棒球（Cricket）——这个绅士着装、比赛规则极其复杂的运动……全年有操不完的心啊，球迷每天的必修课是把每个报纸上，每一篇，每一段有关球队的报道仔细阅读，和其他人分享、讨论，无尽地分析。

如果朋友见面 5 分钟之内还没有开始谈球那就奇怪了。一旦谈话进入足球，我通常可以开半小时小差回来也不会错过什么……

国民性格也是极为有趣：自从帝国接近一个世纪衰落以来，国家就找不到方向，国民也接受失败，典型的情绪是：反正我们做不到，反正我们不行呗，不行就是不行，命不好，就这样吧！

感觉没有太多雄心大志，享受生活算了，但其实也不是这样，每一件事都极度认真，只是凡事慢慢来。准备修一条路，可以讨论二十年，然后再花十年去修，已经算是快的了……上次伦敦奥运会前，所有的场馆建设居然按时在预算内完成让所有人都吃了一惊：怎么做到的？

和美国人站在一起：那个低调的，不夸张，不喧哗，极度有礼貌的，有点保守的，时不时冷幽默自嘲一下的应该十有八九就是英国人了！

人生长得另外一副模样

想象中，人生长得另外一副模样
浪漫而痴情、风平而浪静、一生完美……

想象中，有人陪我看海，伴我弄花
日出日落，草丛蝴蝶飞舞，池边蜻蜓水面掠过
常春藤漫天生长，山谷中百合静静绽放……

想象中，你手磨咖啡的味道醇香
书桌上放着没有写完的诗句，日光好得晃眼
蜜蜂在窗外忙碌，我可以听见花儿在成长……

想象中，菜根香，粗布衣裳，夕阳西下，傍晚的天长
有两亩地，都种上香草和秧苗儿
鸡犬相闻，好友品酒，诗书滋味长……

想象中，我们完成了一次次成长
琐碎繁杂，生命悸动，播种了，然后一起收割

所有的平常生命不过如此
只是我们的又会有什么不同？

那时你在哪里？我说的是我深陷泥潭
说过的誓言我都没有在意，你却忙着去早早兑现
兑现需要一生吗？我觉得一生不够长久……

我们是如何错过了自己，错过了时光，我们又是如何把相互忘记
在同一个城市中各自奔忙于一点可怜的骄傲
骄傲是如此重要吗？
我不就只剩下骄傲，没有家，没有朋友，没有明天，只有那一刻的
诚惶诚恐和饥荒
我也许就不是我……我就不是今天……

没有了骄傲，我就是任何的别人

你可以想象现在的我吗？

如果有泪光闪动，只是想起那个深陷的泥潭……

或许因为那个或是很多个泥潭
我只能在意念中完成另外一个人生的想象
浪漫而痴情、风平而浪静、一生完美……

先行而后三思

　　有一次花园设计用玫瑰种一排围篱，想都没想快速就选了红色，从小的教育都是红色，安全。红色的玫瑰，也是爱情的象征啊！

　　后来读了很多园艺的书后发现，红色是花园里最难配色的一种了，太过于强烈，和谁都不是很搭配，唯一可以配合默契的估计是黑色了，可是黑色的花除了郁金香，很少其他的品种，郁金香花期又太短暂。再加上后来先生无意中说了一句，感觉有点像是公园，让我一下子信心全无，

就把 20 多棵红玫瑰全部挖了。直到现在对红色玫瑰还是有点心有余悸，太强烈，太刺眼，不太敢去招惹……

我是那个喜欢做了决定，然后慢慢去思考的人……多奇怪的行为啊！先行而后三思的感觉。

正如咔嚓一下把头发剪短，然后花好几年再慢慢重新长长一样……咔嚓那一瞬间抽离的感觉就是爽，而后是慢慢地、痛苦的抽丝剥茧的过程。

但一定有什么补偿吧，那估计就是可以很慢很慢地去想一个问题了，可以花很多时间想一个问题，一点一点把它想透，想烂，想到底，想出逻辑，想到不能再想才肯罢休。我可以花很多年去想一个已经快速做了决定的结果……

不知道是好还是坏？

这估计是我喜欢植物和大自然的另一个原因吧，大自然和人生不一样，大自然犯了错也没有关系。

这一个季节失败了，下个季节还有春天从头来过，正如 Duncan 和我说大自然是非常 Forgiving， 就算犯了错，可以重新再来。今年决定在这里栽下一棵花，发现长得不好，或是不喜欢，位置不对，阳光不够，再移栽换一个地方就可以，也可以挖掉重来，宽容的大自然啊，从来不记恨于心……

人生做出了错误的决定有很多后果，但谁的人生没有错误？没有错误的人生会不会过于枯燥？

没有答案的人生啊，这估计也就是人们为它着迷的原因了……而且只有一次机会，不可以从头再来，不像花园种花……

所以决策是人生最重要也是最难修好的一门课程了……

你们觉得呢？

最好当然是相信爷爷的话：三思而后行。

神一样的建筑师——高迪

今晚我要把我所有的想象和赞美给一个人，虽然感觉写一篇短文对他有点亵渎的意思，因为已经有太多太多的书、太多种语言对他进行分析和研究……

这位历史上最具创造力、想象力，至今为止被公认为人类最伟大的建筑师之一，他就是：Antoni Gaudi 安东尼奥·高迪 ——一位上帝派到人间的建筑大师！

去巴塞罗那几乎完全是冲着他去的……

当然，我会把"历史上最伟大的建筑师之一"的之一去掉，因为我觉得他是唯一的、最原创的、不可复制的传奇天才。

天才是行走在人世边缘上的人，高迪就是这样，当他从巴塞罗那建筑学院毕业，校长给他颁发毕业证的时候就已经预言了这位天才的诞生，他说，"我不知道我们今天把这个证书颁发给了一位疯子还是一位天才，只有时间可以回答……"

他的作品独特宏伟，而又细致到每一个灯柱顶部的铁艺图案，从不重复，他的作品感觉不属于人间，而是在童话里，突然从天而降人间，

但我怀疑童话也从他那里获得了灵感……

该怎样去说这个不朽的天才，我的智慧完全都不能理解，我唯有仰视，再仰视……

他的 Casa Batllo 那些装饰的色彩和细节，来自海的灵感的窗户，波浪流动的曲线，天才的采光井，难以描述的烟囱，流光溢彩的阳台……不计其数的动人细节，让你驻足、欣赏、仰视许久不能回过神来……

他的 La Pedrera 那些超越他的时代的，甚至是未来的，永恒的，无法解释的形状矗立在建筑顶端，在夕阳下熠熠生辉，夸张而自信，无人能懂也完全不要紧，这些形状本来就不属于这个世界。

还有 Park Guell 把一个公园建得如此浪漫痴情，虽然这个项目在当时开发失败……那条龙啊，高迪亲自增加了它的突起使皮肤纹理更加逼真、生动，和多少游客留过影？已经成为巴塞罗那最受庆贺的象征……

最重要也是最具史诗般的，要数 Sagrade 家族的圣教堂了，高迪 50 年的职业生涯有 43 年和这个项目有关，这个至今还未完全完成建设的项目，遗憾上次去没有能够进去内部一睹它的风采，游客排队太长，每天都很长……这个世界上最复杂，也最荣耀的项目，毫无疑问是当今世界建筑史上无人能比的大师之作……

出生于 1852 年的高迪，在他 74 年的生命历程中，一共创作了 90 多个建筑作品，完成的，未完成的，每一个精彩，世界和时间都见证了。

遗憾的是，他老年不修边幅，着装随意，一改年轻时的专业和整洁，在 1926 年 6 月 7 日被电车撞倒，没有及时得到救治，因为大家以为他是一个普通穷人，三天后他离开人世……可以想象当时倾城送他，巴塞罗那欠他太多，西班牙欠他太多，这个世界欠他太多……

如果有机会去巴塞罗那，就可以亲自去感受那些他的设计的妙不可言和震撼……

哎，回头看看自己，枯燥得都有点乏味，长得不高不矮，不胖不瘦，不好看也不难看，不成功也不失败，既不是同性恋，也不是双性恋；好乏味啊，简直缺乏想象……更要命的是，记忆力还那么糟糕……

算了，今晚还是枕着高迪的智慧入眠吧，让我梦见那些形状、色彩，那些铁艺、塔尖的细节，砖块、拱形，还有那条彩色的龙。

请它们带给我一点灵性吧……

草地和英国性格

草是这个世界最坚韧而又最有用的植物了，不仅仅是因为"野火烧不尽，春风吹又生"，更因为几千年来养活了人类和很多动物，稻谷和小麦、大麦都属于草类植物，人类种植历史已有 6000 多年……

英国人喜欢草，不，是热爱！也不对，应该是痴迷！

几乎家家都有一块草地、草坪，有草地才能叫花园吧，要不就是 Courtyard 小院，所以就修啊，剪啊，春天要施肥，夏天除杂草，秋天扫落叶，冬天捕地鼠，年年月月地绿；英国人幸运，因为下雨太多，潮湿凉爽，草永远一年四季也都是绿的……

说到草地，想起一个笑话：说是一队美国人到英国剑桥访问（剑桥离我们居住的 Norwich 很近， 火车大概 50 分钟）。看到剑桥大学校园里的草坪简直太美了，一尘不染、纯净的绿，没有一棵杂草……美国人十分好奇，就请教英国人，问：你们有什么秘密吗，可以把草养护得这么好？

英国人轻描淡写地说道：其实也没有什么秘密，只是我们该修剪就修剪，该施肥就施肥，有杂草就除掉……美国人就更不解了，说：对呀，我们也是这么做的，可我们的草就是没有你们的长得好？

英国人平淡地说道：你坚持这样做 800 年后就好了。美国人一下子噎住无语……

剑桥大学两年前正好是建校 800 周年纪念。

这个笑话也有点英国人嘲笑美国人的意思，但英国人从来对任何事也都是轻描淡写，一脸的平静……好像没有什么可以让他们恐慌，估计这个国家的人经历过太多吧，大起大落，曾经那么辉煌，而后又那么衰落；两次世界大战，多少劫难，多少人在战争中离开，到现在还没有完全恢复……

宠辱不惊、见怪不怪吧，就如 2005 年伦敦地铁爆炸袭击后，第二天大家就正常上班了，也是一种让人佩服的勇气。

还有排队，任何事都排队，不仅耐心地排着，还排得离你一大截……

就算后面的已经等了一个小时，前面的还是慢条斯理，不紧不慢……

或者还是因为这里永远摸不着头脑的鬼天气训练出来这样的性格，四月天下雪，五月天下冰雹，六月天下暴雨，时不时妖风阵阵……日子久了，也只能轻描淡写了，正如太多的苦难和挫折后，就开始道天凉啊，好个秋！

怪不得只有性格坚韧的草在这里长得好了，也只有草了，可以在这里常绿……

但草感觉是属于男人的，男人喜欢捣鼓草地，先生还不让我动他的草坪，正好，我不知道如何管理草，我只是忙着侍弄我的花。

他管着草，我管着花，互不干涉……

这个世界需要花，更需要草，日子就这么着吧！

大选的日子

今天是英国大选的日子。

天气晴得有点不真实，经过两天的暴风雨洗礼，蓝天来得真不容易……我喜欢的BBC财经记者 Robert Peston 一早就这样 Tweet: A beautiful sunny morning to exercise my democratic right. On my way now. Quite excited as I always am when entering polling booth……

因为大选临近，我们这几周都不太敢看电视新闻，从网上获取的民意调查数据都是非常接近，劳动党 35%，保守党 35%，自民党 9%，英国独立党 12%。

一般来说，大选前的民意调查还是基本反映总的情绪 mood，如果这样，也很不妙，也就是说没有一个主要党派可以完全胜出，即便选举结束，也意味着不确定，可能是得票最多的一个党和另外一个或几个少数党联合执政，称为 Coalition。

选举是一件非常复杂而庞大的工程，更别说每次大量的人力物力的投入，先生昨天还抽空去帮助派发入户宣传单，算是协助劳动党抱一下佛脚……

首先，每一个选民都必须在所属选区提前做好登记，如果有搬家，需要重新登记，有地址和其他个人信息，否则，没有资格参加当日投票。投票日也必须本人亲自前往，核对身份后才能进行填写，亲自投入投票箱……

每个教区都设有投票点，我们的投票点就在门口走过去 5 分钟的教区社区活动中心。每个投票点都有严格而复杂的检测方法和程序，从清晨开始到晚上 10:00 结束，然后各地举行汇总数票，都是人工数票，电视现场过程直播，应该是选举的高潮部分！

感觉有点像是高考结束后的成绩表公布板……

我今年是第一次赶上大型公投，把票投给了劳动党，觉得他们的理念更公平，这么多年被先生潜移默化了，加上很喜欢 Edward Miliband. 很有亲和力，难得的诚实……Good luck to him!

到最后选举就是一个数字的游戏，英国一共有 646 个选区，选出后

72

每个选区可以有一名议员参政。

可以把英国想象成云南，因为地域和总人口也比较接近……如果按人口平均下来差不多每十万选民有一名议员。

如果要获胜，一个党派必须要获得超过半数以上的议员，也就是需要超过 323 个选区胜出，这些选出的议员最后组成众议院参政、议政、代表当地选民的意志……

民主也完全不是一件简单的事，英国政治系统设计非常非常复杂，各个机构相互制约，没有一个可以有完全的权力，包括了皇室、国会（包括上议院和下议院）、首相、内阁、司法、警察、公务人员系统、当地政府等等，比如，英国警察有相对独立的操作权力，可以不受来自政府的在某些情况下的指令，但权力也是受到法律制约的；同时又有相对独立的多个机构检查和监督警察部门的工作，并负责接受投诉调查……

即便这样了，还是有疏漏，还是有这样那样的问题……

比如发生在 1989 年的英国希尔斯堡足球惨案，直到今年 3 月被调查出当时的警察官在后来的案件调查中撒谎，当时他的指挥错误也直接导致悲剧的发生，这么多年，真相终于大白，也是受害者家属这么多年坚持不放弃投诉和努力去找到证据的结果。

权力就是《指环王》中那只魔戒，人类无法掌控的魔戒，不是吗？

无论哪一种制度，都是人类在试图找到一个更好的方法来控制和管理好这个魔戒，无论哪一种方法都会有一些问题，目前也没有哪种方法最好，只有更好。

唯一的方向是：社会需要更公平，真正意义上的公平。不只是一代人，而是很多代人的公平，大众才会成为掌握这个魔戒的主流。比如教育，让每个人都有真正的教育公平，我们才能确保把人类的智慧用到最佳……这方面，感觉斯堪的纳维亚半岛上的国家比世界走得更远一点，回望历史，他们出发得早……

我们已经上路，只是还在途中。

而社交媒体的出现和信息的传播方式将加快所有人的步伐。

有时突然会有遗憾，如果有下一个人生，有机会选择职业的话，估计会选择从政吧，一副爱笑的脸，一身正义感、浑身是胆量是不是可以成为一位杰出的政客？哪怕只能做一点点的改变，有权力总是有帮助吧。

太阳雨

雨是大自然的眼泪吗，还是上天的情感宣泄……

最喜欢的是太阳雨了，美丽、幸运的太阳雨。感觉是上天幸福时候的眼泪，一边微笑，一边流泪；是上天赐予的美酒，是感动，是释怀，是惊喜过望；是多年后知道了好朋友的消息；是内心深处被情感冲击出的那道七色彩虹……

太阳雨很少，每个季节遇上一次也够幸福整年了。

有点恐怖的是暴风雨，开始是狂风拍打门窗，吹得落叶飞旋，天色低沉着，犹如一张愤怒燃烧的脸，拳头紧握，脾气就要爆发了。

一定得赶快躲进屋，锁好门，关好窗，用手塞上耳朵，等着那一刻怒气过去。接着一定是风带着雨，雨裹着风，不分方向地狂吹乱打一阵，时而暂停喘息，而后又是一阵发作，才会陆续退去。

还好暴风雨一般都不会持续很长时间，犹如人们某些时候的怒火冲天，需要很多能量供给，很难持续，不是吗？

接着就可以收拾残局了，扶正吹歪的树枝，清扫满地落叶，拍打一下身上的慌乱，撸一撸头发，恢复后的世界宁静，死一般寂静无声，犹如大自然在为刚才的粗鲁而深感抱歉……

英国最多的就是淅淅沥沥的雨了，头疼的，忧伤的，无休无止的忧伤……

从早晨到中午到傍晚，看不到日光，看不到星光，看不到月光，看不到头，看不到远方，灰蒙蒙的烦恼！是剪不断理还乱，是离愁，是伤悲，是无奈，是该来的不来，是卡在心间的惆怅啊，是多少年压在心间的石头、堵在胸口的抑郁……

当然，最激动人心的是久旱逢甘露的雨了。

天空提前总是会有些征兆，通常好热好热，沉闷着，树枝在等待，大地在等待，所有的都在等待，感觉时间暂时停止了。突然就安静下来，看到很大的一颗，两颗，很多颗，急迫地、大滴地、肆意地砸在尘土上。

雨真的来了，带着久别重逢的激动、振奋和迫不及待，仿佛滚烫着，溅落到地上带着丝丝热气，带着响声，看啊，雨滴越来越大，越来越急，越来越密，声音越来越响亮，最后成片地砸下来……宣泄着，带着些许粗暴……

多少期盼啊！在这一刻得以释放和缓解。

那些甘露，是上天的恩赐和眷顾，滋润着干涸的大地、河床和山谷……农人脸上的笑容，葡萄的新芽绽放，稻穗成长的声音，都是生命在感动的雨中滋长！

那些雨啊，雨中的人啊……

英国实在多雨，随时随地就来，没有任何商量，没有任何余地。一般都是淅淅沥沥，拖拖沓沓，不大不小，也习惯了。

只是每次这样的下雨时刻，我就特别想拥有两种魔力：手一挥，把这些雨分一半回去我的家乡……然后再手一挥，把我的家人、好朋友、同学全部搬到我的身边……

那我的生活就简直完美了。

那就是上天下太阳雨了。

分享一杯好茶

昨晚深夜读李军的《哪一杯是好茶》，有些感怀，我也是爱喝烤茶的啊！

很多年了，从爷爷离开后就没有喝过了，那股茶香始终在心头，爷爷在时每天清晨第一件事一定是把他的烤茶喝够，然后才开始他的一天……

那年回去我试图去找几个茶罐想带回来自己学泡，花了很多力气，最后是姐姐托人在平川找到。

终于如愿以偿，带着好几个茶罐开心地回了英国。信心十足，一直以为有家乡的茶叶和特制的茶罐就可以喝到倍香的烤茶了。

烧壁炉的时候，我就按照记忆中爷爷的样子把罐子烤热，然后加入茶叶，然后加入水，但是，试了很多次都没有成功，茶水完全没有当年的香味，慢慢地我已经没有信心再试，也就放弃了。茶罐现在已经被我用来当作笔插了。

水不是家乡的水，肯定就有问题。当然还有技术的问题，如何把握火候也不是一时半会可以学到悟出的吧？

有的事，看着别人轻巧熟练，自己一试就有破绽露出，就如泡茶，就如书法，就如打球，还有厨艺都是需要日积月累的修炼啊！

估计种茶就更不用说了，茶应该就是人间最古老的一种香草了，我去年心血来潮，想试试是否可以自己种一点茶，虽然英国气候很冷，但我想可以养在阳光房吧，最终也是以失败作罢。

所以我佩服那些失败很多次，仍然可以保持积极心态，继续前行的人……正如烤茶真的需要百斗翻筋才能出味嘛！

特别借用同学李军的精彩文字，回味一下那杯烤茶的清香和韵味。

"那是用一个土制的小茶壶支架在炭火上的三角架上温烤，温热后根据所需加上差不多的茶叶，然后把着装有茶叶的小茶壶在火上和炉外不停地移转，热了就在火外不停地翻抖，温度低了再移至火上烘烤，如此反复，不让茶叶烤焦，却慢慢烤出茶的醇香四溢，这时便可从火上移出那茶壶，把已沸的开水均匀地冲入小茶壶中，茶壶里立时气泡大起，滋滋声不绝于耳，茶叶在壶中环流翻沸不止，炉围的人们便不分了大小，一起屏气贯注于那一壶天地了。

此刻满堂袅绕的已不只是蒸汽，更多的是沁人心魂的茶香了，如夏日的荷塘稻花，一派祥瑞世界。这时壶中喧哗已止，烤茶人便将壶里的茶汤往那一排放好的小白瓷杯里各点入近四分之一，然后再将已沸的开水往白瓷杯里注入四分之二左右，这时总量亦在小杯的七分吧，留三分情义，茶人叫七分茶，三分情。这时深红的茶汤已被沸水冲淡，显出清亮的黄色光泽，已可啜也。这时人手一杯，刚到唇，未起口，那绵长深厚的茶香已然入鼻，入神。轻啜一口，让茶汤浅流于舌尖，再绕齿入喉，瞬间：千古的芬芳已然，眉宇间已青山绿水，云起处多少的世事沧桑，英雄童叟，一杯在握，杯杯好茶！夫复何言？"

——李军《哪一杯是好茶》

丢失

　　我走丢过两次，非常严重的走失，完全迷失，找不到路，那时还没有手机地图……

　　那是 1996 年到汕头，刚跳槽去了一家公司，带着公司的三个小姑娘驻汕头，后来才知道，公司把三位最娇生惯养的领导的女儿交给我。感觉我比较能干吧，还是人比较面善？我哪知道这些，我那时那么年轻，20 多岁，一副重担就这样压在我身上，管着三位女孩的吃喝拉撒，还有她们的不开心、撒娇、乱交男朋友，还有喝酒、抽烟，还会时不时就把我汇报给公司……

　　现在想起那段时间都觉得头疼，以至于后来看到哪位女孩撒娇我就会难受……有一次回去公司开年会，分配每年任务，一位区域经理站起来说他从来就没有把我当成一位女生，当着那么多人的面，不知道是好气还是好笑？

　　说明我至少还是有点血气方刚吧，或者过于独立和坚强？

　　看我，说走丢呢，还没开始就丢了！

　　那天工作结束去菜市场，我们都是自己做饭，驻过办事处的人都知道，办公室和宿舍在一起，还有厨房，我们轮流做饭。汕头的那个菜市场很大，感觉是很大的一片，很多个很窄的通道纵横交错和完全没有规划的居民区在一起，也曾经进去过两次，光线有点黑，上百家的摊位，从蔬菜到咸菜到衣服和袜子任何奇怪的东西都有。

　　那天不知怎么搞的，买好菜沿着记忆中的小路出来，发现完全不是回家的方向，然后转回去重新找出口，又进入了一条小路，走到头也不对，再回去再从其他的路出来，还不对。连续反复走了五六个出口，开始有点不耐烦了，但不相信会这样走丢，很丢人嘛！况且还有那么多人……

　　平静下来，再回去慢慢找，重新来一遍，把每条看起来熟悉的通道都试一下，结果还是出不去，我开始慌张，加上很累，提着很多袋子，感觉一下天旋地转，怎么老是在原地转圈，是不是遇到鬼了？

　　我那时知道我真的走丢了。

没有去问人，只是步伐越走越快，开始小跑，天气出奇地闷热，天已经开始暗淡，慌张到没有任何思考能力，差不多花了一个多小时终于绕出来，惊魂未定……至今也不知道是如何走丢，又如何找回去的……实在是奇怪。

多年后一次在泰国市中心的中国市场，遇到类似感觉的一个杂货和菜市场，立刻和M快速离开。已经有了经验，实在复杂的场合就不进去了，保持简单比较好。

后来一次走丢是和M两人，在苏格兰很偏僻的一个角落。本来已经住得很偏。 一个人烟稀少的地带，树林里一院孤独美丽的房子，被改成度假小酒店。那天吃完晚饭出去走走，因为想着不会去太远，就没有带地图，走着走着就远了，看不到任何房子和人影，在苏格兰高地很多山上，有时走一天也看不到一个人……而且苏格兰天气说变就变，说天黑就来……

我们都意识到迷路了，已经在一大片沼泽地里，开始两人还说话互相壮胆，后来天色已晚，半昏暗着，仍然看不到任何可能的参照物，路越来越难走，都是稀泥和坑坑洼洼的泥泞沼泽。因为担心下陷的意外，都不说话了，集中全部精力看好迈出的每一步，M低沉着声音，叫我只能踩他的脚印走。周围出奇地安静，我可以听到自己的喘息和心跳，那种内心深处的恐慌一阵阵袭来……

两人跌跌撞撞，摔倒也赶快起来继续，和我当年一样地慌乱啊，就算是两个人，面对着危险的荒漠沼泽，人是如此渺小和无助……

天黑后终于走出来了，也至今不知道是如何走出来的。看到灯火的心情这一辈子永远都忘不了，也忘不了那种紧张得空气凝固了似的、听到自己喘息的时刻。

捡到的那根鹿角，一直到现在还在壁炉边放着……从此我们两人都避免谈到这件事。

有谁在一生中没有走丢过，那该是很幸运的事了。

我不希望再次走丢，两三次已经足够。

——路标，灯塔和友人在迷路时是多么重要啊！

有好朋友，保持沟通和分享， 应该是我从迷失中得到的启示和教训了。

伊莉娜

　　我想我是幸运的，让我遇到伊莉娜！

　　就像遇到那个更好的自己，一个理想中的自己，一个升级版的、每一点都好于自己而又和自己风格如此相似的人。

　　她就是伊利娜（Irina）……她是我一生永远不能到达的彼岸……

　　从相识、相知然后到亲如姐妹！

　　伊利娜出现在我的生命中完全是偶然。

　　接到希腊的好朋友 Antonis 的邮件，我们正好计划要去希腊科孚岛度假。

　　先生承诺说可以顺便去看望他，Antonis 是先生年轻时去希腊度假时认识的一位朋友，后来 各自忙于人生，一隔已经 28 年没有见面。他现在已经成家立业，在银行工作，有太太，女儿也要准备考大学了。

　　他们的家在 Ioannina，正好从科孚岛轮渡过去两个小时就到了，我本来不是很想去，总觉得会打乱度假计划，再说都不是很熟，有点怕羞。但 Antonis 非常希望我们去，说那里有个很美的湖，看了一下地图也觉得有趣就同意和先生前往了。说好会在码头等我们。

　　多年没见，两人都从年轻时消瘦到有点中年发福，硬是没有认出，花了半个小时来回走、迟疑、猜测、远观、近观，Antonis 带着女儿一起来，更是不能相认的一个原因。无论如何，终于鼓起勇气相认，惊喜着拥抱，然后驱车回他家，一路谈笑风生……

　　到家门口，听到我们停车，一位优雅迷人的女主人从台阶上热情地迎下来握手，飘逸着出现在我们的面前：I am Irina……她的声音甜美热忱。

　　她就是伊利娜，年轻而有风采，美丽而又热忱……

　　晚餐已经准备好，在阳台上。快 30 年没见，要说的很多，酒甜美，饭也很可口。伊利娜周到细致，是个完美的女主人。

　　美丽的她从小在乌克兰长大，会说乌克兰语、俄语、英语，后来到希腊生活学会了希腊语。

第一天结束，我就觉得她是我的姐妹了，而我从来没有对其他人有过这种感觉……或许我太欣赏她的风采，或许是我们都有寄生在另外一种文化下的经历吧！

不知道为什么，我感觉忘记了我自己，幸福地欣赏着她的美丽、从容、才华和恰到好处。她好像我想象中的那个完美的自己，欣赏她就如同欣赏那个我永远不能成为的自己……

在他们的盛情下，我们改变了度假计划，决定留下来和他们多待几天。

在接下来的一周，我们一起去了很多古迹，去了海边，我们一起赤着脚踩在水里；一起在海边的山上，坐在咖啡馆，吃冰淇淋，看着爱琴海醉人的蓝色和蓝色中那些远处的小岛；一起在 Ioannina 那个如洱海的湖边漫步、谈心，我们一起早餐，一起站在阳台上看对面山上的薄雾徐徐升起仿佛仙境一般；我们一起做饭，讨论应该放多少的大蒜；我们一起翻看彼此的照片，一起看她画的画，看她亲手制作的首饰，还一起在店里挑选了我的那对耳环……

Antonis 怎么也心血来潮，说带我们一起回他父母出生的老家去看看，一个非常偏远的山村，他自己这辈子也从来没有回去过，伊利娜就更没有。

好吧，我们一早出发，开了足足一天的山路，终于在太阳落山以前赶到那个美丽而奇怪的山村，美丽是因为整洁的房子，世外桃源般的，都维修保存得很好。奇怪的是整个很大的村子只有三个人居住，感觉是瘟疫过后没有人住了。

看到我们的车进村，三个人都来了，一起坐在其中一位的茶室喝茶，他就是店主。大家都非常亲切，因为实在很高兴见到人……

后来才知道，冬天一般这样的村子只有几个人居住，其他的房子只有夏天才会有人回来，大家都在城里呢，想想这个古老的国家只有一千万人口也就可以理解了。

我记得伊利娜出奇地开心，对我说：这次回来对 Antonis 很重要，因为他一直想回来看看，对她也很重要……我们还在天黑前，找到村子的教堂，在一块高地上，进去点亮了几支蜡烛，伊利娜还建议 Antoni 带一块故土的石头回去给母亲。

完美快乐的一周结束，带着蔚蓝开心的心情我们回到 Corfu 岛继续假期。

回到英国几个月后的一天下午，收到 Antonis 的邮件，犹如晴天霹雳，说伊利娜不幸在车祸中离开了我们……

眼泪如雨流下，人生为何如此残酷！

我们无法想象 Antonis 和女儿该是如何悲痛……该如何继续他们的生活……一位美丽的太太，一位母亲，一位比自己完美的自己就这样离开了……

有时想念 Irina，会哼起《三套车》和《莫斯科郊外的晚上》，那两首我们都会的曲调，曾那么快乐地坐在车里来回哼了很多遍……

但有谁可以如此幸运，在一生中可以正好遇到那个更好的自己，并和她亲如姐妹，哪怕只有一周，我们把一辈子浓缩成了完美的一周，不是吗？

有一点安慰的是：在码头离开时，我们都那么认真地做了道别，我们紧紧拥抱，不愿放手……我们叮嘱过：Take care……保重……

如今，只剩下我来讲述我们的故事……

很多双鞋子

选择于我是一件很痛苦的事了，喜欢简单，越来越简单，越简单越好。

二选一容易一些，最好只有一个选择，不用伤脑筋，三四个选择可以用排除法，超过五个选择直接就只有投降了。

要去买个窗帘，看看那么多种的颜色、花样、款式、格子、非格子……几十种，还没有选择已经怯了。就算不怯，也需要多少智慧和品味才能选到正确。

如果只有两双鞋，出门随便穿上一双，不用花时间去选、去配，也不用后悔选择不当。当然，这也许过于极端。

工业文明给我们带来太多的选择，我们快要把自己宠坏了，看看年轻女孩子的鞋柜，有多少双鞋，多少种款式、花色……还有包，有些直接都可以开成小店了。

无数选择和花样繁多，是工业文明带给我们的丰盛大餐和随心所欲……

我相信同时我们也会承担由此带来的后果。

虽然这个后果是什么现在还不是很明确。有得必有失，这是真理。

真的，我们需要那么多选择吗，我们需要那么多双鞋吗，我们需要那么多的款式吗？

太多的欲望没有办法填满，下一步就是太多的垃圾没有地方填埋，很多城市已经有这个问题。

直到这个地球已经没有这么多资源供给我们……

相比现代工业革命和它带来的工业文明，我发现自己更喜欢农耕文明的精神，想象中那种生活简单而甜美，自然而和谐，缓慢而舒畅。

我们一定比以前的人更富裕吗？也许。我们比以前的人更快乐吗，很难回答。太多的选择并没有带来更多的快乐。

太多的欲望和不需要的"需要"，使我们成为那个转得飞快停不下来的陀螺。

很多人喜欢回望历史去寻找一些古人的启示，现代回望近代，近代回望古代，古代回望远古；往回看去找一些智慧，然后才可以更有远见地向前走……

每一个个体都会被时代的洪流推向前，很难思索，正如一滴水哪有那么容易知道大海的方向？

中国唐、宋时代应该是农耕文明的巅峰了，看一下宋代养生学家陈直推荐的人生十大乐事：

读书、谈心、静卧、晒日、小饮、种地、音乐、书画、散步、活动。

今天看起来仍然值得借鉴，非常值得借鉴。

蓝和铃

蓝和铃是我们的两只宠物鸡。

终于有机会写一写这两个小姑娘了，它们是 Bluebell 蓝铃品种，由此也就叫它们蓝和铃了。

本来一年前还有糖 Sugar 和辣椒 Spice 和它们作伴，一起领养的一共四个小姑娘，谁知道辣椒和糖实在太过于娇贵，都没有熬过冬天。今年只剩下蓝、铃相依为命。

蓝和铃应该是世界上最幸福的两只鸡了，宽敞舒适的小别墅，两层楼，专门有下蛋的空间，还有柔软的草铺，每周定时更换，虽然它们晚上喜欢站在横杆上睡觉，据说是遗传早先鸡们在树枝上睡觉的习惯。鸡本来就是森林里的鸟。

还有一个属于它们的专用的小院。如果下雨，它们不愿意出来玩就待在自己的院子。它们还主动为自己找了几个它们喜欢的度假区域，就在围篱下面，或是香草丛里。

很快，就发现它们各自有趣的性格特点，铃很懒，加上不知道什么时候伤了自己的脚，走路一瘸一拐的。所以不是很爱运动，只要有机会就躺着了。蓝却很好动，精力旺盛，但为了铃，她找食也不走远，一般很有耐心地站着陪伴在旁。一旦它们看不见对方，就会互相呼叫，直到可以看见对方为止。

也不怕人，我们如果坐在院子里，就逗它们玩一下。有时看着它们俩一起跑过来的样子，完全就是一对老夫老妻的感觉，很让人感动。

鸡其实有60%的DNA和人类相似，这已经足够它们掌控自己的幸福了，因为它们一辈子只需要吃喝玩乐……一辈子就是一个悠长的假期。

它们最喜欢的就是在太阳下进行尘土浴了，围篱下有土又安全的地方是土浴的最佳位置，晒着太阳，半趴在土里，斜伸着腿，翅膀不停地拍打着土，灰尘满身飞扬，这正是它们的乐趣。估计有点像我们洗泡泡浴的感觉。每次可以一个多小时，土浴后都满意地抖抖全身，如口哨一样地干净而清脆……

已经很听话了，每次找不见，我一拍掌声，它们就慌不迭地跑来了，倒不是它们听得懂，而是知道可能有好吃的了。它们很喜欢吃米饭，也喜欢面条，当然还有面包……有时忘记喂，它们会自己到门口叫唤着，我已经可以听懂它们肚子饿的叫声了。

还有另外两种声音，一种是如果有危险，比如看见讨厌的小猫，它们会发出很担忧焦虑的声音；还有下蛋的时候也发出有点奇怪的声音。尤其蓝下的蛋很多是双黄蛋，好大喜功啊！

开始也没有认为会有这么多乐趣，只是有一年去诺维奇南边一个村子参观每家开放花园的活动，看到一个机构叫作：Little Hen Rescue Centre——小母鸡救援中心，原来是负责把养鸡场不要的小母鸡救援出来，让大家免费去领养。因为养鸡场只需要它们第一年产蛋量最高的时候（一般是 72 周），然后就非常便宜地把它们卖给超市了，这个救援中心鼓励大家领养，从而给这些可怜的小母鸡多几年寿命。

当然，一般也就是最多活一年半载的，因为过分集中产蛋，已经严重影响了它们的寿命。

看它们整日优哉游哉，吃了睡，睡了吃，散步，找虫子，在花草里打盹，如果有鸽子来偷吃它们的食物，它们也会很愤怒，冲过去赶走……

这一切煞有乐趣。

　　生活习惯很好，不需要像照顾狗狗那样费太多精力。睡得很早，早上也起得很早，还会跟随季节调整它们的生物钟，冬天天黑得早，它们也睡得早，四点就上床了，夏天就可以在外面玩到 8 点多钟……
　　M 几乎每天都坚持和它们说晚安！只是每次他说：Oh，My love……
就会把我逗笑，而我最多只是说：Hello Girls……

　　英国养鸡也已经成为时尚，邻近见面或隔着篱笆也是讨论一下鸡呀、狗呀、花的，我们每天也都有一会儿的话题是讨论它们，轻松惬意的……
　　这些乐趣和美好的时光完全都是免费，就在眼前啊！

　　说到这，我要去喂它们食了。

会议和跳橡皮筋

以前的工作大部分时间是在开会。

每周一 8:30，有公司特别的早餐例会，会议室，一边吃早餐一边讨论公司一周的工作。然后接着是部门每日工作早例，这就是每一周、每一天工作的开始……天天一样，月月如此，一坚持居然是很多年。

上次回去我的一位同事和我说，她现在也给她家两个小孩开会。正儿八经的，每天傍晚饭后坐在圆桌前，带好纸和笔，有开场白，然后也有："现在请某某同学发一下言，最后，请某某同学做一下总结……"她觉得很有用，训练两个小孩的发言和总结能力。

我立刻对她肃然起敬，虽然无法评价好还是不好……

只是开始回想我和他们那么大的时候在干吗？

十来岁，完全都还是一个乡下的野丫头，放学了就在学校门口的水泥地上用粉笔画几个框，用一块平整的小石头和同学玩"跳海"，可以从第一格开始然后到第五格，然后再继续从脚背一直到头顶。比谁先玩到头顶……

最喜欢的也有跳橡皮筋，必须要三人才行，也是要从脚踝一直玩到头顶，跳进中间，分开，回中出来，再交叉复原算是完成一节，不仅需要双脚跳很高，超过腰以上的那几节还需要翻跟斗上去，必须很直才能够到橡皮筋……这应该是家乡的土玩法，各地还不一样吧。记得自己的跟斗翻得可好了，一翻一个直，一翻一个准。

还喜欢踢毽子、跳绳，毽子都是用蚕豆叶扎成，奢侈的是用三叶草扎的，很结实，可以踢半天。我是左脚比右脚厉害，可以连续踢几十下。

不仅是我，每个小朋友，这些技能都是轻而易举，不在话下……

现在想起来，这些玩法都蛮锻炼身体的，要掌握准确性、平衡，还有那么多的跳跃和一个个的跟斗，无穷乐趣啊！

男孩子玩的不太一样，他们好像是玩弹玻璃珠，还有滚铁圈，只记得这两样。完全没有女孩子的有趣。不过，他们好像也加入和我们一起玩橡皮筋的。

有时玩到天黑也不想回家。

当然，也没有多少作业，一般我都是中午吃饭前就做完了。回到家也会帮家人干活，田间的，家里的，由此有很多记忆是关于自然的。记得有几次还被老师叫去帮他家拔草，很荣幸的感觉，以为只有品学兼优才能被选中。

当然，我的父母也没有"狂热地"去教育我们，没有时间，也没有条件。我们得以野孩子一样成长，得以有一个跳橡皮筋的童年！

那些快乐而无忧的童年啊！

那天心血来潮，在草地上试着打了一下跟斗，完全已经成为狗爬式，童年已经找不见了……只是看见那一个个快乐的影子……

如果让我们再选择一次的话，我知道大多数会选择跳橡皮筋那个！

我也是。

宾川，一位帅小伙

很多年不见故乡，没想到他已经长成一位帅小伙……

我试图找寻他的旧模样，青涩的记忆中，是亮晃晃、白花花的阳光，阳光下几乎睁不开眼；路边一排排的剑麻长得凌乱；马车夫和他的小马车；路边有卖西瓜的，也很甜；小镇的青石板路和旁边各种小商店，小商店里也有整盒的彩色蜡笔；偶尔有车进村，我们一帮小孩就开心地追着去……

我试图寻找它的旧模样，那些田野之外还是田野，山峦之外还是山峦……

那么多年，走过很多地方，看过很多风景，遇见不同的人。只是全然不知，蓦然回首，却发现故乡已经成长为一道好风景！

才情兼备、能文能武、富有能量，让我应接不暇。

我完全忽略了他的成长，现在几乎又差点错过他的才情！

他是如何就成为这样一位完全不能相认的帅小伙！

很多年不见故乡，没有想到他已经长成一位帅小伙……

可我已经早早把自己许给了世界，已经没有机会和他长相厮守，看日出而作，日落而息，一起跟随时光慢慢老去……

我又不甘只是做他的情人，因为情人最大的敌人就是时间了，时间会把情人间的一切打得落花流水。

那么，可不可以就让我成为他的知己？那位了解他，明白他，艰难时和他一起，拉着他的手，天天想念，相知但不能相伴的知己！

我们其实是一样的宽厚的性格，有坚强火辣的时候，也有柔情万般的季节，宁愿别人负自己，不愿自己负别人；

我们其实是一样的，热情似火，骄阳炙烤后仍然可以休闲地享受清凉，祖先的智慧我们哪敢轻易忘记？

很多年不见故乡，没想到他已经长成一位帅小伙……

请让我做你的知己吧，我只要做你的红颜知己！

天天书信往来，日日思念！

想你的时候，你知道我也会流泪……

我们不都曾经是客居的人，然后在这块三溪若川的土地，出生，成长，把它变成故乡！一个蜜橘的故乡，葡萄的故乡，爱人的故乡！

多年后，我中有你，你中有我。

只是，我还没有准备好，该如何去品尝他的美味；

我还没有准备好，该如何去成为他的知己！

我的故乡啊！现在是一位帅小伙，叫我如何不恋他？

（题注："宾川"名称缘由，居民多为外籍，故称"宾"，境内三溪若川，故称宾川。）

今日有喜

杨教授今天有喜事！

今晚一定要把时间用来赞美爱情和婚姻！

我估计不是很擅长，但我有巨人的肩膀可以站……

首先是马克·吐温——

婚姻让两个脆弱的灵魂合为一个，从此两个漫无目的的生命成为一件杰作；每一次演出都有双倍的能量；两个有疑问的灵魂从此有一个坚定的理由，并为这个理由坚持下去；它让阳光有新的暖意，花儿有新的芬芳，土地更加美丽，让生命期待新的奇迹！

婚姻是一段路程、一段发现的路程，而不是到达终点；在这段路程中，成为正确的人、正确的那个伙伴和找到正确的那个人一样重要。

婚姻是开始恋爱，一遍又一遍。

婚姻是一生的工作；我们需要学会很多不同层次的分享；需要来自心灵深处的沟通，直白的沟通，明白语言，也明白态度。

婚姻是一件艺术品，需要整个过程都在创造、不懈的努力和思考；慷慨的给予和优雅的接受是每个人都可以取用的天赋；但如果我们要把婚姻这幅画绘成大师级作品，所有这些技术都需要磨练！

好的婚姻是创造的，小的事就是大的事；

永远都不会太老而相互牵手，永远都不会嫌太多说：我爱你！

婚姻是永远都不愤怒着去睡觉；婚姻是两个人肩并肩面对世界；形成一个爱的光环环绕整个家庭；怀着感激说话，为对方着想；有很多空间去原谅和忘记对方的不是……

婚姻是手牵手的爱；一起傻笑一些很小的事；同时也用温柔和善意讨论大事。

婚姻是信赖，一起度过失望和伤害，并把这些看作是关系中的馈赠。

婚姻是一起慢慢变老……

当然，最大的问题是：如何保持爱？

友谊、信赖、聆听、相互依赖而又独立、忠诚、沟通、欢笑、给对方时间……所有这些都很重要，不可缺少！

值得特别注意的是：还需要祈祷，两个人不会同时遇上生命中困难的时刻，因为那时，你有可能发现没有人可以牵手。

以上文字来自很多前人对婚姻和爱的理解，送给教授和他的美丽女孩开始新的历程！也送给婚姻旅程中的你！祝愿幸福美满！

切尔西盛大花事

又是一年一度的伦敦切尔西园艺花卉展 (Chelsea Flower Show) ——一个关于植物和花的盛会！

对于这个全民热爱园艺的国度来说，估计再也没有什么比这个花事更英国的了！

对于一个园艺爱好者来说，错过门票是不可饶恕的！今年我就只有后悔不迭，唯有守着电视过一下眼瘾了。

该如何去说这个盛大的花事？

想象一下，每年最顶尖的园艺大师倾情准备一年，然后将一个思想、一个独特的设计理念用植物、花、大树、水真切地将很多个花园展现出来，准确而娓娓地去表达这个故事，所有的元素都需要在那一周呈现最美的姿态；所有的花要在那几天开，无论是春天的花，还是冬天的草，所有的植物要长成它们最好的样子！

单是控制好所有的花在那一周开放，都需要多少科学的态度和认真的精神啊！

那些无尽的细节、劳累，只为那完美的瞬间！且不说每年几千万英镑的花费。

什么样的园艺高手才可以组织这样一场世界级的园艺大合唱？

这个始于1862年的展览，由英国皇家园艺协会组织发起；年年如此，估计也只有英国人可以这样任性了，经济不景气，天气又变幻莫测，仍然要年年花卉月月红！

每年有新的设计理念，新的花卉品种，新的种植风格，新的激情，新的奖牌，新的高潮，每一个设计的花园背后的故事……

各种层次空间展开，各种平衡的艺术；各种新的实践和视觉传达；色彩搭配、形状组合、流行款式，魔术一样，将一个空旷的地方突然变成一块赏心悦目的诗意栖息地！

只有人类可以掌握这门艺术，将美丽玩弄得随心随性……

杰出的园艺设计师完全享受把人工和自然做魔术般的结合，看不出一点的雕饰和痕迹，你却惊诧于它的鬼斧神工，我想这就是最伟大的种植艺术！

艺术把这些植物和花、水和土壤、石头通过想象和实践结合在一起，成为一个天衣无缝的自然的故事；一个罗曼蒂克的自然；一个喜剧效果的自然；一个源于自然而又被人工重新组织好的自然；一个有思想的自然！

这门看似简单的工作却融合了很多种学科，以至于每年很多时尚界的大师也前来采集思想和创意的火花，很多只是简单的图片重叠就已经是一个完美的流行设计！一块丝巾图案，一双特色的袜子，一个风衣的色彩……

于我，可以看到我崇拜的 Monty Don 和其他几位园艺大师轮番出现已经很满足了。

如果是没有受过训练的眼光，一下就丢失在花和色彩的海洋里了；只有训练过的内行才能找到更多的精彩和门道。

但这些都不重要，重要的是，我们在这样的一些美丽空间里感受生命和自然的美好！

为什么我们种植？为什么我们需要花园？

种植是我们最古老的生存技巧。好的花园我们可以感觉到人类的时间完全停止，我们甚至可以感受表层下面的一些东西在萌动……

花园提醒我们那些自然界中存在的伟大的时刻！

那些记忆中风吹过草丛的沙沙声……

Why gardens mean so much to us? Why we plant? Something we do purely for pleasure. Good gardens are places where human time stands still and you start to feel that there is something going on under the surface……

Gardens remind us of some larger moment in nature. Memory of the sound of the wind in long grass.

（有兴趣的可以登录网站找到更多图片和精彩：www.RHS.org.uk）

城市啊城市

城市的魅力难以阻挡，以前是，现在是，将来估计也是。

城市是人类文明的果实，那些灯火辉煌，无限的灿烂，那些永恒闪烁的灯红酒绿，姹紫嫣红；那些钢筋水泥、高楼林立和高楼里的权力和控制欲，奢华、堕落，江湖曲折。

那些城市咖啡馆和发生在咖啡馆的故事、情调和爱情，还有喜怒哀乐，人物变迁；还有泡沫来了又去，股市上了又下，人心浮动，经济潮了又退，退了又潮，常态难归……

城市，一直是年轻人梦想开始的地方！

我也不例外，年轻时的梦想就是在城市有一个窗口，有一盏灯属于自己，有一盏灯在回家时为我亮着……

喜欢城市的跳动节奏，快些，再快些，瞬间变化，瞬间出发，那些力量，年轻的力量，那是一种无所畏惧的豪迈！

当然，一个城市会在无形中影响你的思想，左右你的行为，如果不小心很快就心甘情愿成为城市的奴隶……

我说的不是房贷、车贷，我说的是思想！

香港算是一个城市中的佼佼者了，一个城市中的城市，在一个弹丸之地把城市演绎得风生水起！

那年在香港转机，决定在那停留几天。一个人停留还是第一次，在一个偌大的城市，不认识任何人的感觉很有意思，完全是一个过客，一个城市的第三者。每天在街上闲逛，在地铁里穿梭，因为不属于这里，就可以不负责任，轻松地看待和评价一切。

第二天突然发现香港的女孩都很好看，那段时间流行斜短的刘海、流行纯正的黑发。第三天就决定把自己的头发也染成黑色，立刻买了染发剂在酒店完成心愿。

回来后一直对自己这个行为感到奇怪，因为我一直不喜欢我的头发纯黑，喜欢深棕色。我想这可能就是被一个城市的力量左右了，让你出现判断盲区，无法独立思考。

如果没有坚定的意志和后退一步想的智慧，很快就成为那个城市中幸福的随波逐流者！

当然，这也无可非议。

城市已经拥有太多的 Power，不是吗？

问题是：乡下呢？我们可以抛弃乡下吗？

城市和乡下哪个更重要，城市和乡下哪个更好？

这是一个没有答案的问题，我有时想念城市的好，有时想念乡下的妙！

城市和乡村应该是一对才好，和谐共处的一家人，而不应该是竞争和对立；是相互补充的恋人，而不是情敌；有了城市才能发现乡下的美丽，有了乡下才能感受城市的脉搏……

城市生活是富有挑战的，同时又是容易的；乡下有不同的挑战和困难，也有自己的不易！

中国的乡下在过去几十年被抛弃了。

有需要重新去发现、重新去定义、重新去培养乡下的性格。

好消息是，互联网和私家车已经为这个发现准备好了条件！条件已经具备，我们需要的只是回乡的心情。

给一点时间，给乡下一点时间……

给我们一点时间重归乡下。

爱劳动，更爱体力劳动

有一天在家里的阁楼上找出一只箱子，很重很重，重得都有点提不动。打开一看，居然是先生母亲原来用的老式缝纫机。

说老式，是因为还是那种打开来很大的设备，但已经是电动的脚踏版了，比小时候家里那台稍微先进了一些。

心里一喜，已经很多年都没有用缝纫机了，我家可是个个是能手啊，包括弟弟在内。忍不住重新穿针引线，决定一试，几经折腾，好几天，终于也打了几个坐垫，很有成就感！

大概小学四年级的时候，生产队开始第一次尝试包产到户试验，父母那年种的棉花最好，生产队居然奖励了 200 元钱，200 元！那时是很多很多很多钱！

这 200 元钱如何花，经过很多讨论，爸只希望买一台收音机，可以听新闻和天气预报；妈坚持要买一台缝纫机，可以从奶奶那里学习裁缝，为家里赚一些外快！

于是，200 元就顺利换成了一台收音机和一台缝纫机，收音机专门请人从昆明买了回来。从此，每天中午的"小喇叭"和下午的"星星火炬"伴随着我们长大 。情愿不吃饭也要把小喇叭里孙敬修爷爷的《西游记》故事听完。

而缝纫机则成了我们每个人一试身手的玩具，妈不用的时候，每个人轮番上阵，不知不觉，全家人都会用了 。

那台飞人牌缝纫机一直还在，弟弟重盖家里的老房子时，我一直叮嘱要保留好那台缝纫机，那是我们美好的童年记忆啊！

出生在一个爱劳动的家庭，从小习惯了家里的、田间的很多的劳作。热爱劳动的习惯一直保持得很好……

开始上班那会儿，经常下班后加班都是人手一把小刀把即时贴刻好的字一个一个抠出来，非常享受，喜欢加班；单纯的劳作如松土、挖地、除草、搬运，也觉得很美丽！

到英国后还学会了很多有用的技能，安装家具，刷墙、刷漆现在已经是一把好手。那年回去昆明买了一个鞋柜，送货上门，然后要帮我安装，我大手一挥说，不用了，我自己会弄，那个师傅很吃惊地看着我……

前年 Sean 教会了我如何贴墙砖，后来一个房子装修，我让他给我机会一试身手，他觉得也还过得去。

现在发现更加变本加厉了，越来越热爱体力劳动，体力劳动的美丽是脑力劳动难以比拟的！

只是重复单纯的动作，一次又一次，技艺一点点长进，一点点惊喜。这才是人类最初的生活技能啊。

如果你现在做着体力劳动，请享受那种无与伦比的美丽！

如果你天天脑力劳动，请给自己一点体力的机会，哪怕是走路，没有目的的走路、单纯的走路也很好。

呵呵，生气了

　　小时候很喜欢生气，一有不合适就生气，一生气就赌气不吃饭，算是饥饿示威。有时还盘算着离家出走，去同学家住几天，让家里人找不到。当然最终都只是计划一下而已，没有动真格。

　　只是那个盘算的过程让自己消了气，算是心里报复完毕。

　　生气是一个值得讨论的情感……这个我们每个人都好熟悉的面孔啊！

　　我们为很多原因生气：

　　不被理解，不被认可，误解，观点不一致，受到忽略，受到威胁，失望，不公平待遇，吃醋，没有得到预期的结果，对方不配合，不听指挥，做了错误的决策，能力不及等等。生气是很强大的力量，是内部积蓄能量的释放，就如火山爆发一样……

　　恋爱时的生气很可爱：是故意不理人，故意说反话，噘着嘴装作若无其事，内心却是脆弱得要命。

　　还会故意虐待自己，故意坐在漆黑的楼梯上等着对方来说"对不起，亲爱的，我错了。"等着那个人来拯救，有时运气好等得到，有时等不到，等不到也就只好自己从台阶上下来……

　　就像玩游戏！狡猾而又是那么不可控。

　　当然，有时也故意找茬生气，因为可以获得更多的疼爱和关注，人啊！多么复杂……

　　结婚后的生气就有些不同，级别更高一些，更抓狂一些，是那种摔门而去，那种极度愤怒，那种英雄一去不复回的壮志！

　　记得我有一次就是这样，抓了车钥匙，愤怒地发动车一溜烟而去，完全没有目的地，只想把自己开到一个陌生的地方。没想到开着开着

　　就不认识路了，忘记了生气，只能专心开车。

　　本来是为生气而去，想不到很没有面子地紧张而回……

女人生气大部分会抱怨别人，如果生气到了绝望之时，就是悲天悯人，开始怪罪自己，然后关上门默默地哭泣，绝望地流泪，直到哭累了，眼泪也哭干了，然后完事。

男人在家里生气很多时候是与肚子饿有关，饿着的男人脾气暴躁，左右不是，吃饱后休闲一下，给他一杯红酒，那就万事大吉了。

事业中男人生气就可以听到会议室里拍桌子、骂人，甚至说粗话、逻辑混乱、乱下结论……当然，也见过有女生在会议中生气，站起来抽身而去，一句话也不留，让所有人不知所措。

尤其是平常看起来温柔听话的，那效果可想而知！

生气和快乐完全相反，生气对健康有着很大的杀伤力，引起高血压、心脏病、感冒，甚至癌症……生气很伤元气，也伤和气，还让事情变得更糟、失去控制，甚至是留下无法挽回的遗憾！

我们难道不可以发明一种药物进行控制，比如像治疗感冒、头痛一样？

当然有治疗的方法和药物，简单的方法就是：

如果我们生气，最好一开始就告诉身边的人：你生气了，并解释为什么生气。尽量清晰地说话，放慢自己的语速；学会控制情绪；或者选择冷静地走开一会；或是幽默一下解脱！

实在不行，也尽量不要伤害到别人，尤其是离我们最近的那个，他们通常是生气的直接接受者……

有的人估计会很享受恋爱中的生气，带着一丝狡猾、善意，一点点强盗逻辑和故意捣乱，犹如生活中的那点麻辣味，完了以后还可以不承认，那是一种甜蜜在心里化开，没有其他人可以看见，那种属于自己内心最深处的甜蜜……

如果是这样的生气，那也就不需要什么灵丹妙药了……

我今天真的没有生气。

你呢？

亲爱的，地图

　　家里有很多很多的地图，很多是先生年轻时独自背包旅行留下的。他从小酷爱地图，可以盯着地图一看就是几个小时；所以，每到一个地方先去买几张地图，不同用途的，车行的，步行的，还有城市细节的，林林总总至少也有上百张吧。

　　一个地图就是一个世界，一折叠就可以把整个世界装进口袋！

　　后来大英图书馆做了一次地图展，展出了不同年代、不同国家的地图。发现地图讲述了我们人类探索这个世界的足迹；一路走来，地图背后原来有那么多的有趣的故事和风情。

　　19世纪以前的地图不仅是地图，更是一幅艺术画作，因为很多地图都是画家完成的，充满了人物情趣。比如有一张欧洲地图，不仅标示了不同国家，还把地区的民族人物进行了形象的勾画，完全是一幅生动的生活画卷。

更别说如果是一幅藏宝地图了，那么多的电影和争斗为之展开……

地图是给远方的，那些不熟悉的地方，地图就如一位知心的向导。

据说男人的方向感一般都比女生好，因为远古时代男性要去打猎，通常要走很远，还要记得回家的路，慢慢也就形成了好的记性基因了。

先生和我说过，一次他一个人在华盛顿开车迷路，绕了好几圈都没有从城里出来，实在无助又愤怒，把车停在路边哭了一场。最后让自己平静下来，重新认真研究地图，终于又找到路……

那个时候，对他来说，地图就是最亲爱的了！

不知道地图是否和探险精神有关？

想起那次去石林风景区，一位导游很有意思地总结说，每个地方游客特征都不一样：独自背着包拿着地图在景区里面转悠的一定是欧洲或美国游客；如果是坐旅游车进去，坐旅游车出来的就是韩国人或日本人；如果是走进去，然后坐车出来的大部分是中国游客……想想很有意思。

现代科技的便利让地图越来越不重要了，因为有手机可以解决一切。

不仅地图，包括人的记忆也不那么重要了，原来电话号码全靠记忆，现在不用了。现在任何问题，问一下"谷歌先生"或"度娘"，他们比谁的记忆都好！

不过，有时出门也担心，万一手机没电了或者没有信号……

好在地图不需要充电，也不担心没有信号。

还是保留好这些地图吧，需要时，它们就是亲爱的了。

激情足球

格林威治时间，下午 3:00，温布利球场，伦敦，2015 年 5 月 25 日。Norwich 对阵 Middlesburgh!

在这个英国最大的足球赛场，在 9 万多名观众眼前，一场厮杀终于要开场了……

这是一场决定谁有资格进入英超这个世界最具威望和身份圈子的比赛!

结果只有一个，输或是赢，没有握手言和。赢意味着晋级，不仅是荣誉和身份，更是直接的现金，至少 1.2 亿英镑甚至更多……输，则没有比在温布利 9 万多名球迷面前更失面子的了。

但能够进入到这里已是经过了很多的较量了，能在这里出现已经也是一种荣耀! 按照游戏规则，每年有三支甲级球队晋级，有三支英超球队降级。甲级赛的第一第二名直接晋身，第三名则需要在多支球队决出，最后的一场比赛在最大的球场 Wembley 进行 。本身就是一种荣耀!

我本来不准备去，压力太大，但听说有这么多人，在一起应该就是一个 Party 了，人山人海的感觉也是很好的……有激情四射，有欢声雷动，有彩旗飘舞，有全力以赴。

起得很早，8 点就出发了，对球迷来说，这个日子无疑是高考! 中午已经在伦敦，吃饭时讨论说今天压力最大的就是球迷了，运动员和裁判都有事做，球迷有的只是满腔热情，全心全意的操心和担心!

果然是战场啊，旗帜飘飘，欢声雷动，歌声雷动，球员也是需要好的心理素质才行……如何在如此的欢呼声中进行奔跑而不摔倒? 如何准确进行射门而不失误?

和平年代，男人们通过球场来决出高低，决一胜负，来一统江湖……幸福时刻，我们也需要挑战自己，挑战对手，挑战人的极限!

想起了 1000 年前征服者威廉姆在 Hastings 和英军大战；想起罗马圆形斗兽场那些紧张和压抑、恐惧、兴奋! 这就是一场没有硝烟的战场!

今天，让英雄诞生；今天，让群星闪耀；让心情飞扬；让胜利与我们同在！

果然，诺维奇今天不负众望，开场 20 分钟连进两球，奠定了基础。作为经验不足的球迷，觉得可以放松了，但球迷却是从头到尾揪着心，直到最后的哨声响起。足球是如此快速变化的比赛，如此不可预料的游戏，可以在最后一分钟改变命运，球迷已经学会非常小心。

现场也几乎在最后几分钟歌曲才改为：We are going up up up……

对于失败者，唯一可以做的就是快速离开吧，球场的欢乐属于胜利者，Middleburgh 的球迷默默接受失败，黯然离去，回家。回去流泪，回去疗伤。

很快对方的座位就空了。部分没有及时离开的也是沉默地站着……欲哭无泪！估计只有球迷可以理解球迷此刻的心情了，哪位球迷没有经历过这样的伤悲！

我们的座位离他们很近，我也是有点替他们难过。
但永远胜利只有一个，赢家只有一个。
历史从来也是胜者为王，败者为寇！

今天的胜利属于诺维奇！对于一个历史悠久，球迷基础雄厚的球队，足球是这个城市一面永远的旗帜，她属于英超！英超也应该为她的到来感到荣耀和光辉！

祝福诺维奇！这个我的第二故乡！
祝福诺维奇球队（Norwich City Football Club）！

写在周日

今天是周日，一样的周日，不一样的每一天，生活就是每天有不一样的操心和细细碎碎……

周日本来是属于上帝的，历史上人们只是安排一件事：那就是去教堂。

后来为了刺激经济，政府把周日从上帝手中争取回来一点，大的超市和购物中心可以从上午10点营业到下午4点，但新的政策出来又要被延长了。上帝的份额越来越少了，不知道是好还是坏。但对消费者来说，总是好事……

当然不一定要属于宗教，但周日总需要特别一些吧，把周日过得特别一些，有意义一些是应该的。

做一些特别的事，放松下来，把头发散开；迎着清晨做一个瑜伽；睡一个舒服的觉；大声唱一首歌……做一次爱……当然也可以什么都不做，慵懒着，穿着睡衣，只要你高兴……

我们的周日是雷打不动的先去买面包和报纸，面包一定是Baguette，新鲜的法国长棍面包；报纸一定是Observer，也就是Guardian的周日加厚版和杂志，然后就是咖啡和读书了。

今天的文章登的是两个非常不同的女人的故事。

一个是在中国，一位80后的超级巨星正在升起，一位服装设计巨星——Masha Ma，这位伦敦圣马丁学院服装设计毕业的高才生，拥有80后特有的自信，还有天分、思想，并且壮志凌云，已经参加过八次巴黎时尚周，准备在未来开出100家店……Formidable让人敬畏，正所谓后生可畏啊！

另外一个大篇幅的文章则是埃及街头完全没有安全感的女孩和无家可归的单亲母亲，没有未来、没有尊严地活着，有时为了不被凌辱打扮成男孩……

这两个故事同样地让人震撼！

同时作为这个时代的女人，命运确实如此地这般不同，让人唏嘘不已……

对于街头无家可归的年轻母亲，无论境况多么糟糕，日子还得过下去……要活下去……

对于顶尖的设计师也是一样，坚持活下去。正如 Ma 说的：服装设计的竞争如此残酷，如果你不断地有新的事物去努力，那就可以保持活下去……If you always gave yourself something to work towards, you'll manage to stay alive……

对于每个人来说也是这样，不断地有新的方向去努力，努力成为更好的那个自己，更好一点点的那个目标就可以让我们活下去……

追求极致和完美往往让我们行走在生死边缘，这就是为什么很多天才和极有天赋的人往往选择走上绝路……因为他们接受不了自己不是最好的那个。

回头想一想自己已是很幸运，虽然在和平年代历经诸多奇怪的劫难，却还保持一颗心温柔如水……

享受着这个世界上同样优秀的两个文明和文化，完全没有理由懒怠，更没有理由放松下来……

80、90 后追上来了，长江后浪推前浪，但我们还有很多可以奉献……

中国梦

车是我们的一个人生故事，车和我们这一代人的梦想是这样开始的：

小时候，大概五六岁的时候，如果偶尔有车开进村里，我们一群小孩就会开心地追着去，莫名地兴奋着，不是想拥有，只是开心，就好像看到明星……

24 岁那年，刚开始工作不久，记得几个女孩子下班后在茶室叽叽喳喳聊的理想不是男朋友，而是如何可以有一万元的银行存款。那时的银行利息是 10%，也就是说每月就会有接近一千元的利息收入，如果有一万元存款的话，这不就意味着财务自由了吗？

对于我们这一代缺乏安全感的人，财务自由，这是多好的一个概念啊！

也是那一年，昆明街头开始有很小的一种车，有点像 QQ 的前身，那时心里独自梦想着，如果有一天，在自己的生命里，可以有一辆这样的车，那该是多好啊！

一万元和车，当时这两个梦是超越一切的梦，甚至超越了房子，超越了爱情！

房子不就是一个房间吗，爱情不就是找一个不欺骗你的人结婚吗？

这些哪有车酷啊，这些哪有车有吸引力……

30 岁那年，没想到突然就可以买一辆车了，理想实现得如此快速……

突然有了车让人措手不及，也就忘了理想开始的模样。加上开车技术实在是差，很头痛，每天早上反而需要提前一个小时起床，为了很早到公司，停那个最容易的停车位，那种直直开进去，直直开出来的，不用倒车也不用做半点挪动。

每天从家到公司，从公司到家，车速都是很慢，加上昆明的红绿灯要命地多，就学会了在车上做所有的事，打电话、接电话、记电话号码、讨论工作、化妆，甚至有一次居然还在车上成功地换了衣服……不是艺高人胆大，完全是车速像蜗牛。

每年都会有几次小事故，不是自己撞别人，就是别人擦你……

车的梦想实现了，有一个结果很明确，那就是：我们从此不再羡慕有车的人！

这一点太重要了，我们可以又轻松做回自己，拥有过、到过那里，做过了，如同看过了那里的风景。

不会再去傻傻地见到车就莫名高兴，然后追去……

无论是什么样的车都不会让我心动了。

车是什么？车无非就是四个橡胶轮子加上一大块铁皮，不是吗？

现在是更喜欢走路了，或者骑自行车，心安理得的，能走路就走路，能不开车就不开车，估计这才是真实的我们，真实的自己。

有时朋友聚会，我会把从小时候追着车看，到二十多岁的梦想，到买车的过程讲给英国朋友听，他们觉得实在很有趣，有点天方夜谭的感觉，怎么这一切都可以发生在一代人身上？

这里的人，两代人之间差别不是很大，除了技术进步带来的一些改变以外，有时新的一代还没有上一代人生活得好……

只有在中国才有这个故事发生，我们本身就是这个故事的主人，其中的每一个人都是……

期待每一代人都比上一代人活得好，活得开心，实现上一代人不敢或者没有的梦想！

这个还在演绎的中国故事，不就是中国梦吗？

一位钟爱垃圾的友人

感觉这个世界上没有人会热爱垃圾，Duncan 却是其中一位，Duncan 是位研究垃圾回收的专家。博士读的是垃圾管理，工作也是为政府相关机构提供有关垃圾处理的专业研究。名副其实的垃圾专家。

这位我们的好朋友，早些年和 M 好得几乎穿一条裤子，后来和太太 Claire 去了爱尔兰生活，很多年来听先生唠叨他们在一起那些旧事，对他也是有些熟悉了，理论上的熟悉，却从来没有机会见面，也不知道他长得什么样。

但每次 M 都会说，你肯定会喜欢他的。

知道他也热爱花园，因为每年圣诞节之前他都会寄一封又长又细节的信，汇报他们一年在爱尔兰生活的点点滴滴，细致到花园又种了什么花，天气阴晴；菜园的收成情况；他们领养的残疾猫又如何如何生了几次病……他们假期又去了法国，为何年年去法国，这次如何差点误了飞机……

久而久之，我和他也感觉成为好朋友，小时候说的那种笔友吧。写写信就好得不得了……感觉是知己，因为文字让人相知有时甚至超过天天见面。

我爱上了读他的又臭又长的信，每年的信一定会按时在圣诞节前寄到，而且是图文并茂的，厚厚的好几页纸，我都舍不得拆开，一直等到圣诞节晚上，吃完晚饭舒服地坐在圣诞树下，拆礼物的同时拆开他的信，然后边喝酒边细细读来，他那种悠悠缓缓地文字，真的是一件美好的圣诞礼物，有如此细腻的心思的一位男士应该很温柔吧？

终于有机会见面，果然文如其人。黑色的头发，有点害羞的笑容；是那种文雅随和，人见人爱型；心思比女孩子还细致，很为别人着想。

聊得好开心，最有意思的是如此着迷于垃圾的所有问题，问我很多中国垃圾处理和回收的事，要我答应如果有机会到中国一定带他去看垃圾填埋场……到他们离开时，我已经觉得和他们很亲近！

人和人的亲近感是很奇怪的……

于是承诺我们一定找时间去爱尔兰看望他们……

前年去看望他们了，在一个狂风大作、大浪滔天的暴风雨的夜晚，坐上了轮船跨过爱尔兰海峡，会晕船也没有来得及吃晕船药的我，途中的四个小时，完全是瘫在卫生间地上，呕吐了四个小时，那是每一分钟都有想要去死的感觉……

在驱车去他家的路上，心里想着如果我可以直接上床休息就好了，完全没有胃口，也没有精力说话了，但又有点不好意思自己直接说。没想到他见到我们的第一句话是说：可怜的孩子，赶快上床休息去吧，不用陪着我们吃饭了，看看你的脸色那么糟糕。

我一下子眼泪就流下来……

他们住的小城叫 Wexford，肯尼迪总统的故乡，甚至比英格兰的小城还安静，生活再也不可能比这样更安静了。正好遇上每年一度的戏剧节，每天都有很多节目上演，要去看戏，但每周三傍晚正好是他自愿捡垃圾的日子，他带着几位朋友在固定的时间去街道捡垃圾，宁愿不去看戏。

当然，你可以问，为什么需要他们去捡垃圾，不是也有清洁工人吗？

问得很有道理，Duncan 只是希望通过他小小的行为为他所在的美丽小城做一点点改变，他说他已经坚持了很多很多年……为什么不坚持下去？

他的行为确实也影响到其他人，至少影响了我，我也学会尽量少产生垃圾，无论在哪里都尽量不浪费一点食物，尽量回收每一片纸，回收每一个玻璃瓶、塑料瓶……

这就是 Duncan，一位一生钟爱垃圾、研究垃圾的人。

恐惧和贪婪

对蛇的恐惧由来已久。还有 Slug，英国特有的软软的一种虫……是不是翻译叫作鼻涕虫？

不只是恐惧，是到了严重恐惧症患者地步。小时候一个人走路看见一次蛇，从此再也不从那条路上走，哪怕绕很远的路也在所不惜。一本书上如果有蛇的图，我一定把书放在我看不到的地方。

这种恐惧症是完全没有任何理由的，如此强烈的感情，瞬间使大脑失去控制，身体在那一瞬间僵住，尖叫，然后冒冷汗，然后发抖……

恐惧症的原因有很多，有时是天生遗传。很多人都有恐惧病症，而且恐惧的事物还不一样，有恐惧社交、蜘蛛、黑暗、广场、考试……我有个朋友，一位男生居然恐惧公鸡。

当然可以通过药物进行治疗，或者精神疗法……
但总觉得好笑，因为恐惧蛇或者鼻涕虫要去吃药？

好在英国蛇很少，Slug 就到处都是，几乎每天都可以见到，见到就是尖叫。一开始尖叫，先生还过来看一下，然后也安慰一下，后来随时尖叫，已经习以为常，也不再引起他的同情。每次只好咬牙切齿、以大无畏精神自己对付。

后来真的遇上蛇，那天提着两袋苹果去送邻居，出门就在前院看见一条蛇和一只蟾蜍，我一下呆住，用尽全身力气尖叫，再尖叫，那时是希望有人来救你，可是，已经完全没有用，人家都以为是看见 Slug，毫不理会，我的两袋苹果撒落一地，人却是僵住不会动……

这就是应验了狼来了的故事，狼真的来了，没有人会来救你，因为已经习惯……典型的自食其果！

有意思的是，恐惧有时会上瘾，比如，很多人喜欢各类恐怖电影，即便很害怕，却是很喜欢看，越看越上瘾，越上瘾越想看！

恐惧是每个人与生俱来的，是人类最古老也最强烈的感情。

贪婪亦是如此。

因为这两种感情左右了人们很多的重大决定，人们通常为这两种感情做出快速反应。

尤其是投资决定。当我们做出投资决定时，要么基于可以快速赚钱而行动，贪婪在驱使；要么担心万一不行动，其他人都赚钱，而自己错失良机或赔钱！恐惧感情在作怪！

这两种感情也是导致价格上升或下跌的重要原因，股市和房地产尤其明显。

贪婪和恐惧，像两只看不见的手指挥着华尔街，贪婪驱动买，恐惧驱动卖；贪婪导致涨，恐惧导致跌……

贪婪时时胜过恐惧，对股市是个非常不好的消息。

打住吧，股市还是不说的好，一说都是错，和爱情一样。

一周生活如流水……

一周生活如流水，缓缓而过。

周日只有两餐，早上去买一点新鲜面包回来已经快到午饭时间了，就把早餐和午餐混合成 Blunch，下午一定有固定的大餐，所谓 Sunday Lunch！

一家人围坐，烤一只柠檬鸡，或者一条意大利风味的羊腿，或是一大块牛肉混合约克郡布丁，再或者就是一块带皮的猪肉，皮可以烤得很脆很脆……

这就是这么多年来的周日！

烤鸡加一点柠檬，烤羊腿放一点大蒜和迷迭香也是我加以改进的，普通英国人烤，通常什么都不放直接加点油就进烤箱了，让人无语……对于美食，中国是博士，英国也就是小学。我指的是普通人家的饮食，因为普通人家才真正反映了实际的美食标准。

周一通常把周日剩下的肉加一点 Gravy（一种浓汁）凑合着吃；

周二可能是香肠，新鲜的香肠烤一下加土豆泥，我可以为自己加一点中餐，带辣椒的任何都可以；

周三估计是意大利面混合碎牛肉和番茄酱；

周四必须要做一个中餐，炒一点羊肉或是一个鸡翅；

周五一定是鱼。

为什么周五吃鱼？

周五吃鱼有很多历史和传统：首先耶稣是在周五受难的，基督徒很多源自犹太教，犹太教有在周三和周五斋戒的习俗，也就是避免吃肉。鱼和其他肉食不同，在历史上，鱼是属于穷人的食物，因为可以在河里捕到，而肉是有钱才可以去买的……

鱼也一般只有一个做法：没有鱼刺的大块鱼，用鸡蛋裹一层油炸，然后加上土豆条，这就是著名的 Fish and chips！

你一定要问，为什么生活死板得如此伤心？固定得如此教条？

我一开始也这样问，后来就也懒得问了。没有答案的问题……慢慢地也就接受了，然后也就自然成习惯，这就是文化的力量！

势单力薄的你会自动缴枪投降。

单——一个割裂开来的问题都会有点好笑或者是很难回答。

这是一个什么事都很有计划的社会，循规蹈矩，遵循规则和各种制度和约定俗成，大家也没有想要去打破的意思，这也是一种文化，无可厚非。每隔八周一次的美发，每半年一次的牙医时间都是预约好的，每一次都把下一次的时间约好，翻开一年的日历基本知道哪天有些什么事需要做，哪天做了些什么……

当然，相比之下，德国就更是死板，连英国人也会开他们的玩笑，循规蹈矩得没有一丝缝隙。

和这样的文化相比，中国文化更充满浪漫色彩！

我们喜欢变化多端，喜欢随心、随意、随缘、随性，随时有突发的灵感去做一些事，生活也就很有趣。

比如吃完饭突然决定去唱歌，比如散完步突然决定去喝杯冷饮，又比如吃完饭决定再去吃一次烧烤……太有创意了！每个转角都充满难以预料的惊喜！

每周生活如流水，缓缓而过……
我要如何老去才是好，我们要如何老去才是好？

期待下一个转角处的惊喜，
还是遵守规则且行且珍惜？……

又到留学毕业季

又到了留学生毕业季，微信里全是学生的毕业照，欧洲各地吃喝玩乐各种开心分享……

如果在这个季节出游，无论在哪个国家都会看见中国留学生的影子。

他们这样的新一代啊！

留学天天晒的是幸福，是个性张扬，是新鲜和激动，是米其林餐厅那些好看不好吃的甜点；是荷兰的风车村；还有是瑞士的圣女峰；希腊的圣托里尼岛，还有周杰伦去拍过婚纱照的地方，也是很多留学生的最爱。

信息接收和分析处理的方式不同，选择旅游的地方也就不一致，这完全没有关系，有关系的是那种背着包走四方，创天下，趁年轻看过人世繁华！

也许，周游世界的事在年轻时比较有精力和机会去做。

这是一个崭新的从未有过的留学时代，教育国际化是全球化的一个重要结果和过程。留学也完全不是我们记忆里那些啃着干面包，过着艰苦日子，为节约每一分钱，起早贪黑去打工洗盘子挣点学费的时代了。

他们有家里的储蓄支持，有大把的钱可以花，至少一部分人这样，有超级购物欲，各种名牌；可以随时品尝各类餐厅，叫人送货，叫出租车，买豪华车，到处旅游……

英国本地学生哪里可以相比，如果要上大学，先自己从政府贷款，也没有叫出租车的钱。毕业后再慢慢把贷款还掉才开始攒买房的首付款……

这几年，我的微信里的留学生从几十增加到几百，对我的称呼也从 Susan 姐到 Susan 阿姨……果然是铁打的校园，流水的学生！

不习惯也得习惯，已经开始有点搞不懂他们的谈话。

毕竟每一代人成长的经历不一样！

也许他们习惯和喜欢被照顾，和现代科技很接近……而我们有着完全不一样的成长过程。

有一次一个女生惊慌地打电话给我：房间里有蜜蜂飞进来了，我要怎么办？

我在电话这头也是呆住，蜜蜂飞进来了怎么办，怎么办？

这么简单的问题，叫我如何回答？

大部分留学生都很努力，想想也是很不容易，那么年轻突然需要自己照顾自己，自己做饭，自己安排时间，处理很多生活中的问题。他们学得也很快，很快就和当地人一样有礼貌，下公交车也一定会和司机说谢谢，出入门也知道主动帮后面的人拉住门⋯⋯

最困难的还是中国胃的问题，还有论文⋯⋯当然，肯定还有想家和那些情感问题⋯⋯被公认的留学生的三座大山是：饮食、想家和孤独！

重要的是，这些都会过去，这里终将会成为他们年轻时洒过热血的地方，他们也会永远怀念这段异国的时光。

只是，希望人工智能机器人尽快发展起来，否则，他们老了以后，谁去照顾他们。

希望被照顾的需要也可以加快新技术的发展，需要产生创造力啊！

无论如何，中国的未来在他们手中！

祝福他们！

红玫瑰白玫瑰

突然想到红玫瑰、白玫瑰，是因为院子里有两棵挨在一起，红的鲜艳如血，白的洁白如雪。也不是故意安排的，买的时候园艺中心促销，因为标签丢了，不知道会是什么颜色，需要等到花开。

买了好几棵胡乱搭配着种了，居然这两棵一棵红色，一棵白色紧紧挨在一起。

因为重新规划，要把它们分开，有些不舍……

但张爱玲关于红玫瑰白玫瑰的名言却是每次看到都是心惊肉跳，太一针见血、太冷酷尖锐；如一把锋利的手术刀；她说："也许每一个男子一生都有过这样的两个女人，至少两个，红玫瑰和白玫瑰。娶了红玫瑰，久而久之，红的变了墙上的蚊子血，白的还是床前明月光；娶了白玫瑰，白的便是衣服上的一粒饭黏子，红的却是心口上的朱砂痣。"

感觉张爱玲是站在高处向下俯视着我们，所谓旁观者清。也许只有她的智慧和入骨的深度，才可以说出这样一些清冷而酷的句子：人生是一件华丽的袍子，仔细看上面都爬满虱子……

东方文化对红玫瑰、白玫瑰其实有很宽容的态度。或许因为东方文化更浪漫。而且我们知道不要太自私；我们知道凡事有度；我们喜欢选择中庸之道；我们得饶人处且饶人；我们有很多的仁义道德规范。正因为这样才产生红玫瑰、白玫瑰。

人是复杂的，朋友间也会有赌气、冷淡或者不说话，不再来往；夫妻间也许就是红玫瑰和白玫瑰；

因为际遇、因为距离、因为很多意想不到的状况……有的人你也许愿意为他（她）付出你的生命但却没有机会一生厮守。当然也就有两朵玫瑰，两朵都不能舍弃！

所有这些都让我们的人生丰盛了，所有人和故事，无论最终成为白玫瑰还是红玫瑰，无论最后是那滴蚊子血还是一颗饭粒，又有什么关系？

如果说人生到最后都是一种经历的话。

Have fun !
有一些乐趣最重要了。而且记住善良，记住不要伤害，记住宽容……

仅仅因为颜色的缘故，我偏爱白色的玫瑰，如高山上的雪……
两棵玫瑰挖起来后已经没有地方把它们俩移栽在一起。为白玫瑰找到一个好位置，红玫瑰只好委屈一下，前院不太起眼的地方，不知道它会不会开心？

117

追寻龙的足迹

今天有时间带大家去诺维奇逛逛，因为可以追寻龙的足迹。

这个美丽安逸的小城被留学生戏称为诺村！

因为相比较中国的城市，真的很袖珍，估计和普通县城差不多大，人口约 21 万，已经包括了城市周边地区。

这座曾经是英国的第二大城市，历史悠久，曾盛产巧克力，至今也是英国十大购物地之一的小城，是世界上第五大保险集团 Norwich Union（现改名为 AVIVA）的总部所在地；也有以环境科学和创意写作出名的东安格里安大学，大约 1.5 万学生；还有一个世界级重要的生物科研基地 John Innes Centre……

今年夏天的城市主题是龙 "Go Go Dragons"，从两年前开始的大猩猩主题的尝试迷倒居民和游客；去年的大象也非常成功。今年前所未有的 84 条不同艺术风格的大龙和 120 条迷你小龙在城市的各个角落陈列，散发迷人魅力……

去把所有的龙看一遍估计需要一两天，今天的两个小时不知道可以找到多少只龙……

停车在城边，步行就很好了，先到图书馆去取一份龙的地图，这座现代建筑辉映着对面的彼特教堂，相映成趣。顺着中心古老的集市，就是主要的步行街绅士大道 Gentleman's Walk，历史上曾是庄园主和上流绅士展示他们华丽身份的大街，因此而得名。

然后顺着 Elm Hill 老街向下就是大教堂，再继续就看到诺维奇城堡……

寻龙最开心的要数小孩子了，家长带着一只只寻过去，我也把自己当孩子，拿着地图仔细核对，认真做记号，然后拍照。

一个人也兴趣盎然，顺着熟悉的路下来，已经寻到 10 多只各式风格的龙了：

有颜色无比艳丽的以针织条块为设计理念的 76 号 Patch；是一家律师事务所赞助的；

有以回收碎玻璃、镜子等碎片装饰的银光闪闪发光的 42 号龙，环保回收理念很好；

还有以很多人的眼睛为视觉的绿色的龙，表达了全球化的思维和试图通过不同的眼睛看到世界和每个人的角落，新颖别致；

当然，以神探夏洛克为主题的 54 号也应该入选，Benedict Cumberbatch 是我最喜欢的一个演员；

还有以诺福克郡风光为主题的 40 号也是清新可爱；

……

两个小时不到，数了数一共找到 22 只龙，没有达到既定目标，也算收获不小。

所有的龙都将在 10 月 1 日进行慈善拍卖，我不知道还有没有再去寻完的机会……

没有也没事的，也许留一点遗憾更好吧。

任何事情都不要太圆满。

如果有机会到英国，一定到诺维奇这个美丽的小城逛逛，明年小城又是一个新主题。

英国盖房记（上）

　　越来越城市化的现代人应该很少有机会为自己盖一个房子了，我这个爱房之人从来也没有这个理想，但盖房这个事却找上门来。

　　搬到乡下的时候，我看中花园很大，先生却是看中院子里有一个破旧不堪的老房子，已经多年无人住，年久失修，只有墙看起来还有些味道，后来知道院子里这个房子已经存在了好几百年，在村子的历史中有记载：17世纪铁匠的房子……

　　搬来后，快速在餐厅旁建了一个阳光房，约10平方米，也不用审批，英国的规定如果不在保护区内小于所居住房子建筑面积的10%不用申请，请师傅花了三个月就建好。

　　天天喜欢在阳光房呆着，喝茶，看书，天天看着院子里这个陈旧不堪的房子，看了两年后终于觉得是个眼中钉，破落得不堪忍受，决定对它动手术，对于两个从来没有盖房经验的我们，不知道从此就走上了一条艰辛的英国盖房路……

　　请建筑师设计图纸很快，选择方案和审稿也很快，我们俩都没有太多分歧，受到 Richard Rogers 的为他母亲设计的房子的影响，我们希望有很多的落地玻璃，很多光线。也希望可以尽可能地保留老的建筑，因此就有了一半现代一半传统的方案，也很符合英国时下修复老建筑的观点：旧是旧，新是新，不再像以前一样地试图建新如旧。

　　审批也很快就通过了，因为已经有原来的建筑遗址。

2011年6月6日，一个阴天，师傅开始拆除一些实在不能修好的墙，重新规划门的位置……

开始当然就是集中精力和物力，先把可以挽救的老墙修好，老墙还不是直线，有些地方略有歪曲；还有个难题就是各个时代的砖都有，有的厚，有的薄，更绝的是，不同时代砌砖的方法不一样，有时是一块横，一块侧，有时是两块横一块侧，为修复增加了太多的难度。加上师傅又是个完美主义者，每一块砖放上去都是左掂量右掂量，就这样掂量掂量着，光修墙就到了第二年的8月。一年多已经过去了。

墙终于修好了，修好的墙美得震撼！

看着那么美丽的墙，我们都很欣慰，这些时间和代价是值得的。

这些老的砖和瓦被按照原来的位置修复好，在阳光下仿佛灿烂开来，这个Blacksmith的老墙又焕发了生机……

我们没有粗暴地把它推倒重建，即便那样更简单，而是给了它们应有的尊重，每一块砖仍旧在那里！它独特的位置，它经历的时间和风雨，仿佛在讲述它们的故事，现在，这个故事可以继续下去了……

只是我这个负责预算的心头沉甸甸的，这样下去如何是好？

一位师傅一天的费用那年是100镑……每天早上9点到下午4点，中途喝两次茶，午餐，先生如果出去和他们一聊天，就是半小时过去，从足球开始到橄榄球结束……我通常在旁边着急上火！每次都想赶快结束他们的聊天，赶快干活比较重要。

我完全没有把握，到底这个房子会盖成什么样，什么时候可以盖好？按照原计划是两年，两年就两年，也是可以承受吧！

只是完全没有想到……

英国盖房记（下）

今天是周末，居然早早醒过来，一看才早上 5 点半，从来没有这么早醒来，干脆起来到院子里的这个老房子待着，享受一下清晨的美丽和宁静，天色已经大亮，太阳也已经出来，草地有点湿润，空气如此清新！

由于老房子的地基很矮，坐在这间无比明亮的宽大的房间，会感到和自然如此之近，有点像在野外露营的感觉，可以听到各种自然醒过来的声音，树上的鸽子叫声呜呜地，啾啾叫的未长大的鸟儿，还有一些不知道的自然的声音……

是的，是的，盖这个老房子原来只是计划两年……

完全没有想到的是居然这一盖就是四年，直到我今年 6 月从中国回来才基本结束！

整整四年，有时也很慌张，问自己是否真的值得？花那么多的时间，那么大的代价……

还有那么多操心和困难……

地基的缘故，专门要在房子四周挖出一个叫法国排水系统 French drain，铺设膜，然后在边上用枕木砌好，留出 30-40 公分空隙垫上碎石。

最操心的是碰上几个非常不负责任的施工队伍，让我们俩操碎了心！

现代的部分，因为有很多的玻璃，结构非常轻，需要用木结构，加上外墙材料完全是一种非常新颖的回收材料叫 Trespa，所有这些不是常规的设计理念，都增加了施工的难度。

负责施工的师傅是先生同事的儿子，一开始也非常信赖，谁知道结构建好，封顶后他们就开始玩消失，三天打鱼，两天晒网。到最后就开始了各种各样的谎言，太太生病住院，家里有事，车子坏了，所有可以发生的意外都发生了一遍，半年已经过去了。

而且是冬季，那个冬季天天下雨，盖好的顶由于没有完全做好防水，全部要拆掉重来，心都要碎了。

这还不是最坏的，去年冬天，当我们从中国回来，发现他们把外墙

神一样的建筑师 ——高迪

英格兰诺福克美丽的海岸线

狐狸的手套

生活在诺福克乡下

邻居帮忙挖地

蓝和铃

一个想让我私奔而去的城市

自然的节奏

爱劳动，更爱体力劳动

诺维奇，一个古老的小城

材料安装得一塌糊涂，可以想见我第二天早上醒来看到后的气急败坏，据说当时我的语言是扬言要把它砸掉，实在忍受不了那么难看……

谢天谢地，这些所有的不幸和过程的繁杂都已经过去了……

老房子合着现代结构部分，结合得天衣无缝，古老的 Blacksmith cottage 焕发出迷人魅力，光线实在充足，有时待在里面有点像在教堂的感觉，平静如水！

那个后院小小的秘密花园也基本弄完，竹子也栽下四丛，估计还需要一簇，那棵攀藤的茉莉花感觉已经在那里成长了很多年，一个小的喷泉和室外竹子的射灯没有接好，估计还需要一个东方风格的小塔……

前面的枫树已经栽下去，就等着最后撒草籽了……

现在我们每天享受在这间房子的心情实在无法描述，每天进来都感觉是度假！等不及在里面喝咖啡，看下午太阳慢慢落下去，彩霞漫天……晚上，从屋顶的天窗可以看到云和星星闪烁……

你们可以想象我在里面歌唱吗？把仅会的几首老歌翻来覆去地唱啊！

现在也爱在这里写一些文字，比如这一刻，看着窗外的苹果树，任由思绪飘来飘去……

当然，如果一开始就知道会遇到这么多困难也许会犹豫。

人生也是这样，因为不知道，让我们有好奇心、有勇气前行，不知者不惧！

如果你问，还会去盖一个房子吗？

也许吧，只有历尽艰辛估计才能感受到果实更甜美！

有时也幻想，如果可以在大理的山上盖一栋房子，那也是挺好的吧？只需要很小的房子，很大的花园，当老得哪里也去不了，就在花园里老去……

向左，向右

人生有很多向左向右的时刻，有时向左是一生，向右也是一生，所谓三十年河东，三十年河西。

只有一种办法既向左又可以兼顾右，那就是妥协的居中……中国文化很有智慧，一直崇尚这个中庸之道。

英国的向左、向右和居中完全代表了不同的党派和执政纲领，偏左是劳动党，右是保守党，中间是自由民主党。

报纸也是一样，记得课堂上老师把各种报纸带来，画了一根轴线，偏左边是《卫报》，中间是《独立报》，右边是《每日电讯报》等，还有默多克旗下的《太阳报》也是可怕的右轴。

上两届英国大选时自民党由于中间优势，一匹黑马杀出来，成功地和保守党入驻唐宁街 10 号；时隔五年，却是另外一个故事，在今年大选中几乎完全失去位置，议员人数从 50 多个悬崖式跌至 8 位，成为笑谈。

原因很简单，就是自民党在联合执政的过程中，被戏称为"和保守党上床的过程中"，没有占好自己一贯的位置，被保守党收买从而丢掉了它原本的支持者。

劳动党也被批评过于偏左，失去了中产阶级的支持，也失去了中间位置而败北……

所以千万不要以为选择中间位置很容易，非常非常难，就如保持一个中立、永远公平的角度很困难一样。

对于不很关心政治的人来说，需要花很长时间才能明白其中的不同，即便这样，很多政策的不同也是非常微小。加上很多的政策出台涉及如此多细节，照顾到各个层面。再说，对于我们这样的中间阶层来说，无论哪个党派执政影响都不会很大。

至少我是这样认为的，M 却是不同意。

他执着地认为劳动党代表了先进的思想，先进的思想是值得为之努力和付出的。所以每时每刻他都在维护劳动党，先进的思想比如，一个良好的社会要照顾好穷人，让他们有房子住，有饭吃；一个良性的社会不应该贫富差距越来越大，富人应该多上税，承担更多的责任……我也都同意，但这个度如何把握就是很难……

如果没有工作，没有房子，政府需要提供给你居所和生活补贴，伦敦成为一个极端，因为房租极贵，政府给的租房补贴非常高昂，每月加上各种补助，收入甚至超过了有工作的人的收入。这就严重打击了人们工作的积极性，尤其是低收入者……情愿呆在家里不去找工作……也就形成了所谓的世代都不工作的家庭。

如何解决问题，只有让这些人逐步搬到伦敦外房价较低的地区。我认为是合理的，M 认为不合理，因为他觉得这些人已经在伦敦居住了那么多年，不应该让他们离开，再说，搬迁也是很大一笔费用……

同样是如何寻找一个中间解决方案的问题，永远都不容易……加上英国政府严重赤字，已经无力负担……

当然这次劳动党失败很重要的一个原因，是大家都认为 Ed Miliband 没有领导能力，而且过于偏左……他们能够吸取教训吗？找回中间位置，找回布莱尔执政期间的那种能量和远见。

不知道，只有时间可以证明！

Let's wait and see!

政治的左右太难把握，还是把握好自己生活中的向左、向右问题吧！

兼顾好家庭和工作；兼顾好新朋和旧友；兼顾好白天和晚上；兼顾好紧张和放松；兼顾好体力和脑力！

兼顾好左和右！

布里克林庄园

1940 年 12 月，一位叫 Philip Kerr 的 11 世侯爵离开了这个世界，这位绅士没有很多人认识，他曾经是英国首相秘书，也曾被派任英国驻美国大使，但这些不是人们需要记住他的原因。

记住他的原因是他把一个美丽而古老的庄园赠送给了 National Trust，一个非营利组织。从而开启了英国古迹保护的先河……

这个美丽的庄园就是 Blickling Hall ——布里克林庄园。恰好在诺福克，离我们大约 7 公里。始建于 1616 年，这个典型的英国乡下庄园每个人第一次见到都忘不了它的震撼！那种让人屏住呼吸的优雅！整个庄园占地 4777 英亩，约 3 万中国亩，包括了公园、湖泊、森林和良田……庄园内有图书馆和数不尽的收藏……甚至有一间卧室的墙上还保存了 17 世纪来自中国的墙纸，墙纸描绘了当时中国的山水和小桥流水人家。

这个庄园每个人都可以进去参观，如果你是 National Trust 会员的话，全年免费。

因为他的远见卓识和前瞻性，后来很多类似的建筑和庄园纷纷效仿，不仅挽救了这些古迹，而且巧妙地使这些古建筑成为大家的共有、所有人的共有。

即便有家庭继承人，很多庄园已经没有办法靠自身和家庭的能力保护和维修好，维修费用巨大，到最后很多也就年久失修，无力维持下去，属于人类的这些建筑文明也就随之消失……

当然也感谢 National Trust，这个组织正好为挽救这些古迹提供了一个接近完美的方案！

National Trust 可以翻译成"国民托管组织"，是一个非政府民间慈善机构。

今天要说的其实是这个有意思的机构。

英国有数不清的慈善机构，National Trust 是规模最大的其中之一，只要愿意加入都可以成为它的会员，交会员费就可以，会员年费也不贵，一家两人也就是 1000 元人民币左右。可以全年免费去参观它管理的所有名胜古迹和各种庄园。目前已经达到 350 多个，包括了古建筑、城堡、花园、自然景观……

到 2011 年，已经拥有 400 万会员，是什么概念，英国人口是六千万，也就是差不多 7% 的人口是这个机构的会员。

其实这个机构最初的想法在 1884 年就提出，但直到 1895 年这个机构才正式成立，到今年正好 120 年。

由于机构本身的非营利和不上税的性质，也确保了所有的利润全部返回再用于维修改善。其实充当了一个多元博物馆的性质，只是这个特殊的博物馆的各种珍藏散落于各个地方，这些珍藏是建筑或者是自然人文景观……

但所有这些和博物馆里的字画雕塑同样属于人类的文明，是人类非常重要的财富。

也因为这个原因，大家热爱 National Trust，把它看作是自己的、大家共同的，因此不仅有着最为广泛的会员，更有着庞大而热心的义务工作人员，目前有 6 万人自愿为它义务工作。

不是所有的事国家都有能力去做到，也不可能做到。

需要民间的力量和智慧让很多事情发生，哪怕很小都没有关系。

每一个国家都需要 National Trust 这样的机构和组织……去保护好散落在每个角落的建筑文化遗产！

我们的后代才有机会看到更多曾有的文明。

三只小猪就是一个家

　　多年前有一次回到昆明，早上一觉醒来，有一刻突然不知道自己在哪里？

　　这里是哪里，我这么会在这里？这不是自己的房间吗，这是自己的房间吗？

　　为什么没有了熟悉的感觉？

　　我突然不知道自己的家在哪里，那一刻有说不出的失落和伤悲……

　　从那以后，我就刻意去培养自己对新的家的感觉，尽量告诉自己这里就是我的家了，尽量大部分时间都在英国，我知道任何事情只要习惯就好了，确实也是，我需要重新有家的感觉。

　　家是什么感觉？

　　家是熟悉的味道，熟悉的人、熟悉的物件在你熟悉的位置，想都不要想就知道，随手可以去取；家是你可以等一个人，你知道他会回来。

　　你可以穿着睡衣，或者什么也不用穿，光着脚走来走去；也可以随便跳一下不是舞步的舞，哼两句自己也不知道的歌，或者高歌一曲，哪怕走调很远……

　　家是不担心饿，不担心渴，伤悲的时候可以关上门大哭，可以哭着睡着也无所谓；家是可以把行李箱远远地放到一边……

我讨厌依靠行李箱的生活，每次离开都想家，想熟悉的东西……

我也刻意不去改变原来家的摆设，包括我的那三个可爱的小猪玩具，猪妈妈、猪爸爸和小猪女儿，每次回去，都把它们一家三口拍拍灰，和它们玩一下，逗逗乐……

每次的这些记忆累积就是家。

不停的记忆累积就是人生！

不同的记忆让我们成为每个不同的人。

但家让我们成为相似的人……每个人对家的感觉都是一样的，都是同样的温暖。

有人说，如果一辈子可以睡同一张床是幸福的，我完全同意。

有父母在的地方永远都是家，无论走多远！

因为我们成长的记忆全在那里……因为父母永远的牵挂！

我很庆幸小时候没有搬迁过家，对家的记忆完整无间隙，即便老房子拆了，但每一样都已经整整齐齐在记忆里储存好了：

厨房的井、打水的桶、石榴树、无花果、木格子窗；甚至对面邻居的屋顶和屋顶上偶尔飞来的布谷鸟也记忆清楚，好看得要命，还有侧面电杆上傍晚时分停满了的燕子……

甚至还有一点最早的零星的记忆，天快黑了和父亲在院子里唱歌……还有带着妹妹穿着黑色的凉鞋在雨里面踩水……

是的，拥有家就拥有了世界！

有一个爱人和房子就可以经营一个家，日出而作，日落而息，一些欢声笑语，一些日常繁琐，一些好友举杯，一些夜晚星辰，春去秋来，共同成就无数美好的记忆，那就是家。

那就是心灵的栖息之地；

那就是天下心有所属的地方；

一个温暖的家！

职业的傲慢和偏见

全世界都充满了职业的傲慢和偏见。

这是人类发展中形成的无可避免地浅薄。

估计人类最初也只有两三种职业吧：打鱼、狩猎和采野果，那时候应该三个工作都同样重要，否则就要挨饿了。

然后就有了农耕、商人和手工艺者……然后有了医生、教师……

曾几何时，商人并不是一个很有口碑的职业，演员也没有什么名气可谈……2008年世界金融危机以前，银行家炙手可热，受人爱戴，现在，如果谁在银行工作，也是尽量不好意思大声说出来，至少在英国是这样，怕大家异样的眼光，不再可以像原来一样神气活现了。

最有趣的是地产开发商，曾经受人敬仰，现在亦是小心翼翼，谨慎行事……

当然父母也容易把职业的偏见强加在孩子身上。

据说这也就是中国女足后继缺人的原因，这一代人加上都是独生子，父母当然不愿意女儿成为一个足球运动员，即便她有这样的天赋也给抹杀，直接从球场拉回来去做了一个会计之类……

医生现在也面临一个危机，医患关系紧张导致好好的、受人尊敬的职业变得有点胆颤心惊，令人担忧。社会还没有足够关注这个问题的严重性。这是一个很中国特色的问题，人们好像总是很难控制自己的情绪，加上法律执行的诸多问题，导致过激的行为时有发生。过激的行为导致了很多严重后果……甚至很长远的影响。

无论如何，对医生过激的行为和袭击应该受到制止和谴责，是一种野蛮举动，没有任何意义，也不解决任何的问题。为什么不可以通过更文明的途径、更有效的途径去解决？

中国的农业从业者是经常受到欺负，老是被人看不起，这几年有了很多好转，谢天谢地！

现在更是进入了一个前所未有的纪元，每个人都在讨论着如何进入到未来的行业中……

弟弟在家侍弄橘子和葡萄，他自己愿意，也很开心，本来他可以成为一名好的调酒师，他有那个天赋，因为不喜欢放弃回家，我也很赞同。

但有时感觉他会受到职业偏见，心里很为他不平。我因此时刻维护他，时刻和他站在一起，即便有时他错了，我也是全力维护，家里人都觉得我过于宠着他。我从来没有说出来，他估计也不明白，我这么护着他的原因，是我觉得他和大家一样优秀，他不应该受到任何职业的歧视，那种普遍存在着的很容易就形成的职业偏见，这对他不公平，对所有从事这个行业的人不公平！

他不明白也没有关系，我还是会一如既往地维护他、鼓励他、夸奖他……

我自己还对装修工人有恻隐之心，由于装修过很多个房子，所以对装修工人非常好，我知道这个工作有多辛苦，我知道这个工作需要很多技术和耐心……

有时甚至到了有点不好意思的境地，所以他们工作时拼命给他们很多的茶水和笑容……

估计永远改变不了大家对职业的傲慢和偏见，唯一可以改变的是自己的态度。

尊重不同的行业，如果我们接受了他们的服务，永远心怀感激，哪怕他是社区的保洁或保安，路过时也记得和他们打声招呼，一个微笑不困难，也记得说谢谢……

梦见飞行的竹海

有一种植物充满贵族气息而又如此平民化，那就是竹子。

想一想和竹子有关的成语都高风亮节，张口就来了……

——门前有竹节节高；

——胸有成竹；

——竹报平安；

——千年富贵竹，百年平安福；

——宁可食无肉，不可居无竹，无肉使人瘦，无竹使人俗。

竹子和梅、兰、菊一起有"四君子"的美称，也和松、梅是"岁寒三友"。看来不仅人类喜欢和它为友，植物也是争先恐后。

我在去年冬天突然爱上竹子，没有缘由，发生在温暖的壁炉前畅想春天的时候……

只是爱上竹子到了睡不着觉的地步，说出来都让人觉得有些矫情。

回看那段时间居然记了很多关于竹子的笔记，那么多种类，那么多美丽的姿态，那么多种用途，那么悠久的历史……

要命的是要把中文和拉丁名字对上号才能准确鉴定出它的品种，金镶玉竹、人面竹、金竹、佛肚竹、香竹、唐竹、紫竹……数不胜数。

竹子平凡到了我们忘了它的存在，即便每个人天天和它见面，天天和它接触……

我们食竹笋；我们住竹楼；我们戴竹帽；我们穿竹鞋；我们用竹筷；世界上最古老的自来水管是竹子制作的……

我们从 7000 多年前就开始认识和种植竹子；我们用竹筷、食竹笋也有 2500 多年历史；差点忘了中国最早的书写材料是竹简！

我们的祖先用竹简记录了中国早期的灿烂文明，在战国和魏晋时代是普遍的书写材料；直到东汉时期，纸张的广泛运用才代替了竹简。

中国第一部有关竹子的专著是晋戴凯之的《竹谱》，另外《易经》《礼记》《山海经》等都有竹的记载。

点点滴滴、日月星辰，这个百草之一的竹子和茶一样就这样始终贯穿着我们的文明！

中国是世界上竹类资源、种植面积、储蓄量和竹笋产量都排名第一的国家。

英国没有这么幸运，因为气候条件，很多竹子不能生存，尤其是南方美丽高大的楠竹。

竹子在英国文化中也只有着一些娱乐的味道，有一首歌这样边唱边跳：

……1-2-3-4-5-6-7-Hey！

Me ol' bamboo， me ol' bamboo

You'd better never bother with me ol' bamboo

You can have me hat or me bamboo shoo

But you'd never bother with me ol' bamboo

……

竹的气节，竹的风骨，竹的美丽，竹的精神，竹的平凡……

竹子可以单独成林，也可以成竹的海洋！

电影《藏龙卧虎》中那段竹林中精彩飘逸的打斗还记得吗？

如何不爱竹？如何不爱它的高贵和普通，如何不爱它的优雅和知性！

已经去买了很多高大的竹子要种在院子的周围，已经等不及要天天和它们相见，其中还包括了一株黑色的竹子，将会映照着白色的老墙。

怎么爱竹都不够！

今晚，就让我在夕阳下小睡一会吧，夕阳的余晖映着竹影正好！

让我梦见竹子吧，让我梦见飞行的竹海……

先生其人

人生实在很奇怪！

这位名叫 Marcus Thomas Armes 的人，后来居然成了我的先生。

他说小时候大概 10 多岁，有一天在他家院子里踢足球，突然有一个感觉：他将来要和一位来自很远的地方的女孩结婚。

我后来明白，他信赖逻辑和科学，自称是科学家；不信任何的宗教，也不迷信，如果不是编造那估计就是他小时候比较有想象力吧！

父亲是位画家，母亲是位绝色佳人，这两样在他身上都看不到。他经常为自己的长相苦恼，也没有一点艺术家的天赋，倒有一些艺术家的多愁善感和冷幽默！

对足球的爱和对诺维奇球队的爱应该远远超过爱我，我也懒得去和足球争，因为他们相识的时候我还没有出现，即便出现也是无能为力，因为那种爱在他们的血液里。

主场比赛他都会在现场，除了和我回国，那他也会在半夜等着信息发过来才睡得着。客场无论我们在哪里，即便在开车，开球时他一定会说：Come on！ Norwich!

开始那些年，我也试图把自己培养成球迷，买年票和他去看了四年的球，后来就放弃了，还是觉得弄花园比较有意思。特别是冬天要在寒冷的球场一坐两个多小时完全不是一种享受。

他为此很遗憾，我也遗憾他不喜欢弄花园，正好，他研究足球的时候，我可以把我的花折腾来折腾去，没有人干涉。

算是扯平！

没有一点语言天赋，也懒，所以到现在会说的中文也不超过 10 个单词：你好、谢谢、大象、蜗牛、嘎嘎（宾川方言肉的意思，从我爸那里学来的）。

对这一点有时让我咬牙切齿，怎么会有这么笨的人？后来才发现，大部分英国人都不会第二语言，除非出生在双语家庭的孩子。

他们的理由是：他们没有办法学其他语言，每到一个地方，别人都和他们说英语，因此就被宠坏了。也是难怪，就算在意大利很偏僻遥远的山村，村子的名字都有英语标示……这算是大英帝国留下的一个后遗症了。

有时想想也有好处，可以当着他的面说他坏话他也不知道。

所以任何事都有好有坏。

他最大的优点是绅士风范，从来不发火。这一点也是有点烦，如果想要吵架也只有自己和自己发火，自己咬牙切齿几下了事。

不仅不发火，还和你讲逻辑，这就要了命，婚姻和爱情中的女人最怕逻辑，我们只想要浪漫和强盗逻辑，不是吗？

心平气和的沟通和相敬如宾，日子倒也相安无事。

刚结婚的时候，很想被照顾着，估计每个女人都一样，就想做一个小鸟依人。他没有给我这个机会。每次问他问题，他都说我不确定或等我查查，后来也就不问了，还不如问 Google 来得快。

所以，这么多年还是保持了独立思考的习惯！也是好事。

但后来发现一段时间，他开始有点依赖我。我喜欢快速发表意见，久而久之，他就习惯什么问题也来问我，希望我做决定。现在我也学会给他不确定的答案，或者干脆说我也不知道。

越来越觉得，两人各自的独立性和依赖性在婚姻当中都非常重要。至于独立和相互依赖的程度，这就是一门需要不断学习的艺术了。

只有独立了，两人才能相互依赖。毕竟经营婚姻有时就如同经营一家企业一样需要冷静和智慧！

他老说："You are the best thing that happened in my life." 你是我生命里发生的最好的事！让人有点感动。

有一次和他讨论出去玩的事，两人意见不统一，我一气之下就说，你知道人生有多短暂吗？你这是在浪费我们的时间……他一下就震住，拉着我的手泪流满面，搞得我不知所措。后来知道，他最怕别人说生命短暂，人生易老这样的话了……

他的另外一个激情是政治，他认为先进的思想和精神是值得每个人为之奋斗和努力的，他是坚定的劳动党的支持者，相信一个公平和正义的社会……他觉得这是文明的重要性。

今天写完了，翻译给他听，想给他一个机会辩解一下自己：

Mixed. I am a caring person but did not appear in the article. Caring and love is long term, but romance is a short term thing. 混合吧，我是一个会关怀别人的人，这点文章中感觉不出来。爱和关怀是长期的事，罗曼蒂克则很短暂，他说。

Party 后的心灵鸡汤

为什么月亮如此孤独？因为她曾经有过一个恋人……
为什么我们做梦？因为我们有念想……

为什么我们有一个自己的爱好？因为我们热爱生活……
为什么我们热爱孤独？因为孤独时我们看清楚自己的身影……
为什么我们热爱相见？因为我们眷恋和友人的美好时光……

我们眷恋和友人的美好时光！

每次聚会即将结束，总是不舍，总是希望继续，再继续，只要我们的身体还撑得住，只要天还未太黑……

聚会之后意犹未尽再来一个小聚也是多么美好，歌唱、吟诗、畅谈，不要停下来，不要停下来，让歌声继续，让诗的情绪继续，让畅谈的思绪继续……

这是生活的高潮。每一次相聚和每一次分离都是。

是啊，人生是一个接一个的高潮和低谷，在这些高潮或低谷中，哪些让你们添了白发，哪些让你们醇厚如酒？哪些让你们还和当年一样地纯真？

聚会最终会结束，Party 最终要结束。

就如婚姻之后是无数个平凡而真实的日子。

当世界终于安静下来，当大家都归于平静，找一个安静的角落，自顾自地呆着，是的，有时需要很多时间才能从热闹中回到自己，回归平常的心境。

哪怕暂时看不清楚，也不要着急，有一些耐心，缓缓地泡上一杯茶，深呼吸，用整个身体去聆听一下自己，把所有你能感知到的感动和温存怀抱在一起！

也可以有一些舒缓的音乐，顺着高低起伏，就可以回到那些感动过你的时刻，回到那些你热爱的人面前……

这样的时刻是聚会之后的休养生息；

这样的时刻是聚会之后的心灵鸡汤！

在这个妙赞和速拍的时代，享受一下独处，有一点自己的时间是很奢侈的事情！独自体会孤独、寂寞和忧伤，过去、现在和将来，刚过去的激昂，和属于自己的湖边、石头、风、云、远处的山，还有阳光……

这个属于自己的时刻可以让我们停下来，问候一下自己，关怀一下自己的喜怒哀乐……

想一想自己喜欢去做的，喜欢已经做过的，如果还没有一件自己真的喜欢的事，天明就可以去找寻，有很多选择。

我们只有一次生命，找到最喜欢的那件事，然后热爱起来，美丽起来，只是为你自己！

感谢相见时每一寸举杯就嘹亮起来的时刻；
感谢每一次聚会的热烈情谊和那些动人的细节，人和事……
时光流逝中这些璀璨的细节将使我们的生命充满爱和诗意，给我们力量前行！

也感谢聚会结束后独处中那个安静的自己……那碗属于自己的心灵鸡汤。

继续，继续种菜

如今英国每年蔬菜种子销售都超过花卉的种子销售，并且在逐年攀升。在这个全民痴迷于园艺和种花的国度，这是一个里程碑式的转折！

种菜已经又成为一个引以为傲的生活方式，"Grow your own"在中产阶层和新的环保意识的带动下大肆流行，朋友和邻居相见除了聊聊天气和足球外，还有种菜的经验可以讨论和分享。

若是住在乡下有一个菜园是很正常的，如果住在很窄的联排别墅，也可以在很小的前后院种一点生菜、西红柿，哪怕在阳台放一个土豆种植袋，也能感受这场好戏的乐趣，挖出的土豆直接到厨房，新鲜的美味就是这样来的。

二次世界大战时，英国曾经掀起过一场轰轰烈烈的"Dig for Victory"，为胜利而种的活动，为保证战争期间的供给。自此，英国蔬菜种植名正言顺成为民众一个正儿八经的爱好！

当地政府也有非常低廉价格的菜地出租，称为"Allotment"，在每个城市周边可以看到，居民每年交几十英镑就可以租到一块菜地自种。当然，有些城市，比如伦敦供不应求，需要排队等很多年才可以申请到。

菜园也成为一个交友的好去处，一家人带着孩子，大家在Allotment里交流种植经验，分享交换果实，种植的热爱就这样一代一代传下去……

近几年，一些种菜爱好者有创意地把一些公共绿地利用起来，由于没有法律明确界定不可以，被冠以一个幽默的名字：种植游击队。最有创意的要数在教堂前后的坟地，这些荒废多年的土地被激情的英国种菜人种上了各种蔬菜，平添几分生气！

据统计，每个英国人平均每年产生221次购物行为，大家每天往返于超市和购物中心所购买的大部分都不是英国生产的，肉类还不明显，

蔬菜则是来自欧洲各个国家，甚至世界各地，计算一下这些运输所产生的碳排放，数字应该是非常惊人的。

对碳排放的担忧让很多人有意识地避免购买远途运输的产品，尽量购买当地生产的商品，即便更贵一些，也算为减少碳排放和支持当地经济身体力行，尽了一点自己的努力！

当然，投身于自己种菜那更是一举多得了……不仅种瓜得瓜，种豆得豆！种的辛苦和不易让我们更加小心食物浪费。

是的，不仅是碳排放的问题。

我们正在失去或失去了一些重要的能力，我们不再关心我们的食物从哪里来；我们不再关心它们是如何来的，太容易买到，也能够支付得起，由此也浪费得起。

大量的食物浪费由此产生，惊人的浪费在各地、每个家庭、每个餐馆每时每刻都在发生，让人触目惊心。

"谁知盘中餐，粒粒皆辛苦"只是孩子口中的古诗而已了。

光看一下英国的数据就已经很吓人：每年浪费的食物总量是700万吨；其中一半来自家庭的浪费，浪费的价值平均每个家庭每年为470英镑。

中国的数据不知道如何，看一下我们自己周围也会有一个概念，一定不会少；或者看一下留学生的日常生活也可以略知一二，他们离开时冰箱基本都是满的，全部扔掉，还不算每天吃剩太多而倒进垃圾桶的。

好消息是，英国现在已经开始进行食物回收，用来产生能量……

食物浪费的原因是购买太多或者做太多剩下……在餐馆是点单太多……并且形成了消费习惯！

希望食物价格的不断上涨可以促使大家减少一些浪费，自从2008年金融危机以来到2012年，英国的食物浪费已经减少了21%，重要的原因是收入没有增加，食物价格上涨了，勒紧裤腰带过日子。

形成节约食物、不浪费是最直接的了。倡导种菜和更科学的做好每月的家庭食物开支应该也是比较有效的方式！

谁说蔬菜不是构成花园和园艺的重要部分？

难道那些鲜嫩的叶子、谦卑的果实不是美丽的见证吗？

如果有条件，种一点蔬菜吧，芫荽、韭菜、薄荷、小葱……还有爬藤的红花菜豆。

有趣的房产投资论

"To be a true investor you have to play the long game. Property is not a get rich quick scheme"

—— "成为一个真正的房产投资人，必须是长线投资，房产投资不能使你一夜致富。"

很多人认为房产投资是一个快速致富的法宝，其实是一个错误的观点。

这里说的长线是 10 年或 20 年。

当然我相信你可以举出很多例子来反驳我……

专业房产投资是很长线。

如果只是短期买进卖出，只是看重资本金的增长，没有现金流，准确地说那是投机。投机需要运气，就如中国股市一样，谁能保证一直有好运？

投资则是建立在科学的分析和数据的核算之上。

因为和其他商品不一样，房产投资有很强的地域特征。

房产在每个区域都有自己的小气候。正因为这样，很多人都可以成为自由的投资人，只要你花足够的时间去学习，花足够多的时间认真研

究你要投资的市场。

花多少时间，研究到什么程度？

直到你对每一个相关信息都了如指掌，包括市场的历史变化、供需情况，然后你就会有了评价的基础，自信由此产生。

这一点说来容易做起来难，尤其是在很多数据缺乏的时候，即便有统计数据也不一定代表了真实的状况。这也就是在中国做房产投资很困难的原因，有时就如雾里看花！

房产的功能是居住和使用，所以房子的投资价值取决于房子被使用的价值，也就是租金的价值。

如果大家都把房产作为像股票一样去炒，快进快出，买空卖空，那这个市场就会垮掉，如果不垮掉，最终也会导致价格下跌。

世界上正常的房产投资回报，也就是租金回报在 5% — 6% 左右，如果做得好，可以到 8%-9%。目前中国大城市包括昆明的投资回报一般在 1% — 2.5%。

租房市场对房价和市场供需状况起着微妙的平衡作用，也是房产投资的重要参考指数。

正常来说，租金贵了，大家就会去买房，如果租金便宜了，大家也就偏向于租房。但也和不同国家的文化有关系，比如德国就是一个崇尚租房的国家，自有住房拥有率是 42%，中国则是 89%，即便数据有水分也是非常之高。

中国人认同买自己的房子，加上年轻人有父母银行首付的支持。还有中国人有良好的储蓄习惯，使买房成为必须。

英国的首次置业年龄目前为 36 岁，也就是说大学毕业要认真工作 10 多年才可以把首付款攒够，也需要自己租房很多年。

中国的首次置业年龄很年轻，好像是 25 岁，所以中国的年轻人很幸运。加上结婚就必须有房的观念根深蒂固，也使初次置业年轻化。

历史上，英国地产也是经历了无数的涨跌，市场已经非常成熟。

加上税收体制的完善，保障了投资的公平竞争性。试想一下，如果税收不完善，总会有人偷税漏税，那科学的投资核算就会不准确，因为有人总会比你出更高的价格，导致市场的混乱而无法做出正常的判断……

英国也由此发展了很多职业的房产投资人。

崇尚长期持有和积极的现金流。基于这两个投资理念，投资和短期房价走势就没有太大的关系，和什么时间投资也没有关系。只要你准备好，任何时候都是投资的好时机！

当然，贷款的容易程度和贷款利率也是另外两个影响市场的因素。

金融危机后，英国房价下跌了 30%，但由于英国房子多年来一直处于供应量不够状态，导致价格恢复很快，尤其东南部和东部，伦敦更是不可一世地领涨，成为全球有钱人投资置业的天堂，但这些超级富豪每年去住很短的时间，致使很多房子大部分时间空置。

对于伦敦的年轻人却是雪上加霜，由于银行贷款严格了贷款条件和首付比例的增加，使很多人估计大半辈子都无法爬上置业的楼梯。

超高的房价对于一个城市是有害的，努力工作和有创造力的人群逐步边缘化，城市会逐步成为有钱人的世界，只是需要一些简单的服务，餐馆、清洁工人……这也就是目前伦敦已经出现的问题，已经有很多人选择搬迁去柏林……有人担心他们搬出后城市会逐步沦为文化的沙漠。

房子几乎是每个人一生中购买的最贵的商品了，多了解一些其实也是很有趣……

更有趣的事，房产投资如果可以获得贷款，其实是一项银行和你一起做的生意。

想一想有哪一个生意银行愿意出资 50% 或者更多和你合伙？

拥抱秋天

落叶
从我的窗前飘落
那些金色和红色的落叶飘下来

我看见你的唇
和夏天的吻
那双我曾经握过的被太阳晒红的手

自从你离开后
每一天都变得很长
很快又可以唱冬天的歌了
但我最想念你 亲爱的
当落叶飘落的时候

我最想念你　亲爱的
当落叶飘落的时候
……

秋天来了，带着夏天的热情和眷恋来了。

还没有落叶纷飞，但风吹过有黄澄澄的麦浪，这个属于秋的款式，自然垂感、紧凑饱满……收割机已经在连夜奋战，趁着天气晴好，将每一粒麦子收割进仓！

房子后面的小麦地一夜之间已经收割结束了，留下一堆堆草垛。

等待的时间很漫长，秋收一旦发生有时让人措手不及……

攀援玫瑰已经结束了，如果幸运，也许会有几朵重复；灌木的月季还在继续开放，不断的 Dead head，把花头剪去，就可以促使继续开花；大丽菊开得正好；吊兰也是疯长；苹果一天一天变大；山莓今年移栽后没有什么体面的果实，可能需要肥料……

黄杨和常绿的围篱都是最好的修剪时机。

今年夏天大部分时间用在重新规划花园上，对原来的很多植物很忽略，感觉有些内疚。

每年这时的花园通常需要添加额外的成长力量，需要找一些新的植物进去，填补已经乏力的空白，这样可以把夏的颜色延伸……又开始播了一些种子。这个时候是最好的时候发现成长的空白，做出一些必要的改变。

改变当然需要时间，往往需要的时间比计划的要长很多，一开始只是想一点点，尽量保留原来的，慢慢就可以尝试做大一点的改变，还是不满意，干脆就挖了重来，有时把那些表现不好的又舍不得的植物去掉以后，又看到新鲜的土壤露出了也是很兴奋！

又可以想想可以种什么样的植物了……

今年的薄荷长得很不尽如人意，估计也是要重新栽种；薰衣草已经有五年了，植株老化严重，今年开花结束也需要全部挖掉重新栽新苗……

园艺就如生活，永远都没有结束，折腾来，折腾去，季节伴随着变化，变化跟随着季节……

这时的我们犹如这个季节。夏天刚刚过去，还可以看见他的背影……

人生的夏季成长冲刺一般会将我们送出 15-20 年，然后需要一个喘息，这就是夏秋之际！

会有些改变吧，即便没有，也可以有很多收获，只是有的收获被你忽略了，比如孩子已经成长起来；友谊一天天醇厚；工作中那些技能已经纯熟，不需要再紧张。

心境也是渐行渐宽……

当然，如果有改变，如果有新的成长空间，不要犹豫！

来几口深呼吸，然后再次拥抱生活。

拥抱秋天，不要犹豫，也不要忧郁；

无论如何，秋天是值得歌颂的，有收成的喜悦，也有继续成长的可能……

正好喝杯茶

有时间坐下来喝一杯茶，没时间也找时间坐下来喝一杯茶；茶是一天生活的开始，也是一天的标准程序之一。

上次回去专门去了 Andy 的茶室，没想到他收藏了那么多不同年份和种类的茶，市中心一间安静的屋子专门用来喝茶。每年去茶山买自己要喝的茶，做好收藏纪录，算是爱茶之人了。

但他有一次偶然碰到一位到昆明出差不太熟的朋友，顺便相邀去喝杯茶，没想到那位朋友说: 好啊，我总是带着我的茶和茶杯。让他惊讶不已。

可以想见两个人后来那杯茶的滋味……

爱茶爱到出差也带着自己的茶和茶杯应是痴迷了吧！

茶是中国文明对世界的重要贡献之一。

茶的芳香是人类智慧的芳香！

中国从神农偶然发现茶已经有 5000 多年，所以说茶代表着人类文明一点也不为过。关于茶一定要提到的一个人是陆羽。公元 700 多年前，生活在唐代的这个叫陆羽的中国人，写下了人类历史上最早的一本关于茶的专著《茶经》。

他花了 20 年写成茶的圣经，他从此也被后人称为"茶圣"。

全世界除了中国，还有一个国家对茶有着同样的痴迷，那就是英国。虽然英国人从 17 世纪茶传入欧洲以后才开始饮茶，却一点也不影响英国人对茶的着迷，对茶的这种不可化解的缘分一点也不亚于中国。他们也把茶称为国饮。

市场上一款叫 Earl Grey 格雷伯爵红茶，据说是清代一名官员送给当时的英国首相 Earl Grey，混合着柑橘味的茶，从此这位首相爱上这款茶，叫英国茶厂依照此味调配出来，至今仍是很多人的最爱。

原来不产茶叶的国度，经过几个世纪的发展，英国也形成了自己对茶的独特诠释和特别的茶文化。

由于气候变暖，现在英国也开始出现少量的茶园种植，也有了自己的茶叶种植协会，发展得很快，据说现在已有非常少量出口到中国。

英国茶文化说起来都知道英式下午茶。

有雷打不动的习惯，Everything stops for a tea! 时间为下午茶停止！所有的工作为下午茶停止！

一杯美丽的下午茶一定包括了：非常精致的茶壶、茶杯、茶碟、牛奶罐、茶匙、保暖的茶壶套，适应季节的餐桌布……还有就是美味的糕点。

这些物件的组合，带来视觉和味觉的双重享受，让人真正放松下来……

英国的茶具制造业也由于茶的流行开始在 18 世纪成为一个非常重要的产业。和中国人喜欢收藏茶叶不同，英国人喜欢收藏茶具。

如果有机会到 Victory & Albert Museum，记得去看看有关茶具的展示区。

正好来几个关于茶的趣答：

世界上共有多少个茶的品种？大约 1500 个茶树品种。

最大的产茶国家和产量？中国，每年为 135 万吨，其次是印度，约为 98 万吨。

世界上哪个国家是平均饮茶最大的国家？答案很让人吃惊，名列第一是爱尔兰，第二是英国。

绿茶和红茶来自不同的茶的品种吗？不，它们来自同一个茶棵植物。

茶叶里含有咖啡因吗？是的，相当于咖啡的 50%。

每天喝多少杯茶为适宜？专家建议每天喝茶四杯为最佳。

喝茶意味着休闲的心情，意味着享受，意味着友谊和爱。

陌生人在一起喝茶可以成为朋友；敌人在一起喝一杯茶可以化解怨恨；面临困难，喝一杯茶可以让我们勇气倍增。

高兴的时候喝杯茶；悲伤的时候也适合喝杯茶；放松的时候喝一杯茶，紧张也适合喝一杯茶；有朋友来一定要喝茶，独处的时候更要喝一杯茶……

想念一个人的时候，当然也喝杯茶！

写完这一段，我也要去喝杯茶了……

达·芬奇之谜

Leonardo da Vinci 李奥纳多·达·芬奇是谁?

为什么几百年来人们对他如此着迷?

这位生活在 1452-1519 年,文艺复兴时代的巅峰人物,让我们把他的名字输入搜索引擎……看看这位李奥纳多是谁?

他是:画家、雕塑家、建筑家、科学家、音乐家、数学家、工程专家、发明家、解剖学家、生物学家、制图学家、宇宙学家、生物学家、历史学家、作家,

一共 15 个专业称谓! 十五个"学家"。

他被广泛认为是这个世界上最伟大的画家之一。

或许是整个西方世界历史上曾出现过的唯一一位拥有如此多种天才的天才!

一位伟大的天才,一位遥远而神秘的智者……

大家熟知的是他的《蒙娜丽莎》和《最后的晚餐》,至今仍激发出人们无限的猜想和遐思……

还有很多李奥纳多在多个科学领域的研究探索,完全不逊于他的艺术方面的成就:

研制第一个飞的机器,机械翅膀的力量测试,飞行员的位置研究,起重机的模型,弹簧冲压机器,军事武器、建筑模型、水能、医学、解剖人体学等等研究。

数不胜数!

今天,他的每一点写下的书面记录都引发人们对他的好奇,新的研究还在不断有新发现。

如何才能把艺术和科学在一个人身上完美结合,并对世界留下如此深刻的启发和财富,实在难以想象!

他可以自如跨越众多学科,把他的想象力和科学实践能力运用得如神来之手,至今仍是一个谜!

无数的画作，还有很多对人体内部结构的探索素描……对建筑结构的无限想象力和实践……

有趣的是，这些学科在今天看来完全都没有太多关联，也不太可能有很多关联，不是吗？

他远远超越的当然不仅仅是他的时代……

李奥纳多·达·芬奇出生的那个小镇位于意大利北部美丽的托斯卡纳，叫 Vinci，距离佛罗伦萨 30 公里，美丽质朴，有一些起伏的小山丘……

当然，几百年来，Vinci 的人们已经习惯了这位伟大的天才给他们带来的荣耀，也建了博物馆，博物馆内有他设计的人类最早飞行的梦想，巨型的直升机模型……

小镇的人依旧每天平静地过着自己的日子

也许他们早已知道，这样的天才是可遇而不可求的。

如何才能让人的想象力像达·芬奇一样没有边界和任何障碍？

如何才能让人类思想不受到任何束缚而散发自然如神一样的火花？

如何才能再有这样的天才？

这个世界只能祈祷。

性，性感，性感的鞋子

鞋子从来都不仅仅是鞋子！

当然也是，当然也不是……鞋子意味着性、性感、艺术、流行、品位！

否则就不会有中国 19 世纪和那个时代流行的女性性感的"三寸金莲"了；也就不会有一只鞋改变命运的水晶鞋和灰姑娘的传奇故事了……

不到一百年前，拥有 7.6 厘米的三寸金莲被认为是完美的，虽然在今天看起来有点不可思议。

三寸金莲是如何开始在那时的上流社会开始受宠而流行到整个社会，

不得而知。唯一可以想象的是，那样的鞋子和娇小可爱的脚，让人联想到穿它们的主人，她们步行的方式和风摆杨柳的腰肢……

据说，那时的鞋子也可以挂在家里和窗前供人欣赏。现在我们可以回望嘲笑，但当时却是社会地位和性感的象征，就如我们今天认同优雅和苗条一样。

不仅中国，世界很多国家都有很多关于鞋子的传统。

印度有送昂贵的高跟鞋给新娘的习俗，目的是使新娘可以鹤立鸡群受到瞻仰和追捧，这双鞋也可以成为传给女性的家族传家宝。

日本的艺妓有专门的行走时刻展示她们硕大夸张的鞋子，巨型的鞋子使她们行走艰难而缓慢，从而让行人可以更好地观赏到。

鞋子是服装中最有表达能力的部分了，美丽、雕塑般呈现，意味着地位、身份、品位、性别和性感，它不仅传达我们是谁，我们想成为谁，更给人启发和联想。

鞋子让女人着迷，也让男人着迷，从古埃及到现代的时装秀，鞋子给我们展示的故事从来都引人入胜。

脚是用来走路的，但鞋子则是为了显示身份和生活方式而来的。

款式的选择、设计、材料以及繁琐的装饰即便增加了步行的难度，但鞋子为穿着它的主人说话，给主人优雅和优越感，这一切比走路重要多了。

对于男性，鞋子不仅显现着权利和社会地位，还有力量和男性的彪悍！

看看那些厚底的清朝的官鞋，从来都不是为步行设计的，它象征着权势和威风，当然，有权力的阶层不需要走路，有人给他们抬轿、开车门、驾车……代劳一切！

更为有趣的是，我们有"给人穿小鞋"之说，意思是给别人制造麻烦和疼痛。

也常把婚姻比作鞋子，说婚姻就像鞋子，合不合脚只有自己知道……已经把鞋上升到哲学的高度！

鞋子给我们享乐，也给我们疼痛！

但我们还是热爱鞋子，哪怕只是为看起来性感而不一定非要合脚。

毕竟，享乐和疼痛，还有享乐中的疼痛都是生活中有趣的部分！

沙克尔顿，每个人心中都有一个南极

今夜要把时间留给 Shackleton——沙克尔顿，一位 100 年前历史上最著名的英国南极探险家……一位探险历史上的传奇英雄；他率领的探险队所经历的史诗般的探险经历，至今无人可及，可歌可泣。

从探险的角度，他也许不是最成功的探险家。如果把探险定义为不惜代价到达一个无人可以到达的地方。他有机会成为第一个到达南极的人，却为了队友生命安全而放弃返回，成就了他的伟大。他写信给他太太说："我情愿是一个活着的驴，而不愿是一个死了的英雄"。

在最艰难的境况下作出正确的决策，和他天生的管理天才更是后人对他无比崇敬的原因。

很多人都知道那把班卓琴的故事。

他们的船在未到达预定地点沉没以后，面对漫漫的南极冰天雪地，生死未卜，需要扔掉几乎所有身外之物，包括金币、圣经……当然包括一名队员的班卓琴，沙克尔顿建议留着它，那是我们重要的精神食粮——Vital mental medicine. 就这样，那把班卓琴一直伴着他们。

整个探险队在冰山上漂流了几乎半年，没有任何外界知道他们的生死，整个西方国家正在激烈经历着第一次世界大战，他们半年后漂流到象岛。把大部分队员留在象岛后，他带领另外几名队员划着救生船，历经一个多月，在南极暴风雪中强行划行 1200 多公里来到南乔治亚岛……

而且用的是无顶的小船。

当时，岛上所有的人都被他们的到来惊呆，当然，他们到达时，已经完全没有人样。

当天在那个寒冷的小岛上，晚饭后，在那间昏暗、充满了油烟味的房间，四位满头白发的挪威船长，上来低声问道：他们是否可以和沙克尔顿等握个手，这些老船长，他们在南极海域航海 40 多年，从没有听说有人可以用几艘无顶小船完成这样的壮举……

就这样，所有人站了起来，在昏暗的灯光下，没有仪式，没有鲜花，没有奖章，四位老船长一个一个往前和沙克尔顿等握手。没有言语，没有掌声，有的是无尽的崇敬和敬佩……这是一个对英雄的崇敬，对人类自身那种精神无尽的崇敬……

那天晚上，正好离今天晚上间隔了 99 年差 43 天。

当我们看不到希望，当我们进退两难，当我们感到无能为力……希望仍然有沙克尔顿的精神照耀着我们前行，给我们温暖。

正如亚历山大王在给沙克尔顿的圣经扉页上这样写道：May the Lord help you to do your duty & guide through all the dangers by land and sea " " May you see the Works of the Lord & all his Wonders in the deep……

也希望人类再面临为难的时刻，仍然有当年丘吉尔对考察队毫不犹豫地写下的精神：Processed! 前进！

两年前，Shackleton Clothing 沙克尔顿服装品牌在诺维奇成立，并得到沙克尔顿亲孙女的大力支持和赞赏。终于，这种精神有了成长的载体，这种人类的精神、探索的精神、冒险的精神将通过这个品牌，永远地被讲述下去……

安全感和不安全感

今天的晚餐是一只螃蟹，这只来自北海的螃蟹，有着非常强硬的铁钳，强硬到我要用专门的工具去夹碎，它还背着它城堡一样的房子，固若金汤。

螃蟹应该不会缺乏安全感吧？我想，至少不用担心会风餐露宿，不会无家可归；实在不行还可以耍赖，横着走；还可以装死，不吃不喝……也应该不会有恐惧。

不安全感和恐惧一样，我们有时并不知道恐惧从哪里来，并不知道它具体的方向。缺乏安全感就如被贼惦记着一样，不知道这个贼什么时候会出现……

我们拼命赚钱，以为钱可以给我们安全感；我们拼命买房，以为房子可以有安全感；结婚时找一个最善良诚实的人结婚，以为这样就可以有安全感……

人类的这个不安全感一直和我们在一起。年龄越大越不安全，我们害怕老去，害怕生病，害怕失去，害怕不确定，害怕孤独，害怕变化……

而我们所处的这个社会唯一不变的就是变化了……所有这些都是不安全感啊，要命的是，我们不知道它什么时候会从哪里出现……

也从来没有一门课教我们如何对付它。我们从小被要求要表现好，要努力，要打拼，我们被成绩追着，我们生怕一不小心就被比下去。这个社会充斥着如何成功，如何快速成功的可怕的成功学。

每次路过机场播放着慷慨激昂的演讲，我都想赶快逃走……

如果我们这个快速变化的社会是需要我们和"不安全感"长期和平相处的话，我们需要平静下来吧，我们需要家庭的温暖；需要一些朋友和朋友间相互的关怀和支持；需要一些科学的方法；需要一些制度；需要多一些保障；需要更多的宽容和让宽容普遍存在的社会……

即便人类现在有辉煌的文明，可以随时上天入地，但文明的未来有时也岌岌可危，战争和恐怖主义将会带来更多的不安全感。

明天也许还会有不安，还会有孤独，如果大家也和我一样有同感，那我就是正常……

房子的故事和浪漫情怀

我是一个爱房之人，对房子的热爱犹如有一点毒瘾。

说到房子，对很多中国人来说，新的、崭新的、全新的才是我们所要的，我们害怕任何一点旧的东西，尤其是房子，我们不太愿意买别人居住过的房子。

但英国人恰恰相反。

对英国人来说，An Englishman's house is his castle. 他们倾向于房子有一点老旧的特点。在这里，只有超过 100 年以上的房子可以称为老房子。和新建的房子相比，越老的房子越贵，就算维修成本高昂也完全难不倒人们对它们的热爱。

到底哪些老房子有什么样的魅力，让英国人如此着迷？

之前我们住的那个房子也是很古老，建于 1852 年，因为墙没有保暖层，冬天冷得要命，那个地下室黑乎乎的，我从来不下去，也不喜欢，后来就建议搬了家。

开始以为是英国人典型的保守和怀旧，使他们热衷于保留历史的痕迹，每个家庭都或多或少有一些老旧的物品便是一个明证。M 小时候玩的泰迪熊还被他保留着，即便头上只剩下了一只眼睛。每次想把它扔掉，他就会说，可怜的泰迪，为什么要扔掉？

当然不完全是保守和怀旧，更有浪漫的情怀！这些情怀滋养着人们的成长，滋养着人们有自信去面对未来的不确定性。

建筑聪明而恰到好处地保留了每个历史时代的痕迹，这些痕迹让人们找到来时的路……建筑把这份浪漫情怀完美地联系在了一起。

古老的建筑在保存下来的过程中，被不同的人居住、使用，被不停地改造、加固、翻新，从外面看仍然是典型的古老，但里面却是非常地舒适。这个被使用的过程同时也丰富了建筑本身的历史风情和故事，房子成了一个古董……这就是为什么老房子要贵的一个原因，因为不能复制，不能工业化生产，每一个都独一无二，每一个都风格优雅。新的就意味着没有历史、没有特点、没有故事、没有个性，也缺乏风情。

这些建筑中有雄伟的教堂、城堡、庄园、豪宅、城市联排别墅、农仓、马房，甚至是冰窖（历史上用来制造和储存冰的地方），各自充满了传奇故事和浓郁的历史风情，这些房子，你可以买得到，如果你真的喜欢老房子的话。

老掉牙的建筑才具备了真正的魅力，用英国人的话说：老得足够优雅（old enough to be elegant）。

人们在这样的建筑里感觉到安心、感觉受到尊重，也许是建筑以一种沉默的方式，试图让我们理解历史带来的启示和生活智慧吧？

当然，有时我想一种文化的怀旧是不是也意味着成熟？就如一个人开始怀旧是成长和成熟的结果；做事更细心，不再敢于冒险，决策过程越来越长，越来越舍不得旧的东西……

为什么他们喜欢老房子而不是新房？我觉得我找到了答案，同时也发现我已经爱上了那些美丽的老房子，并且完全不能自拔……

这样不好吗？这样好吗？

居无定所

如果有一天老了，我是不是也可以居无定所？！

这次家人极力劝说我回来选择一个居所，预备将来养老。中国的叶落归根之说也让人觉得是宇宙真理。

而我，从来都打定主意独自优雅而独孤地老去，突然间有那么多人要陪伴，反而有些不知所措。

一定要有一个固定的地方吗，一定要有一个固定的居所吗？一定要叶落回根吗？

我可不可以老了仍然居无定所？我可不可以老了仍然两袖清风，可不可以有说走就走的勇气？

那样的话，又需要什么样的勇气和精力？

我们居住的诺福克有位很有威望的老者和我说，要在70岁之前为自己找一个固定的居所，这样会有足够的时间熟悉环境和家里的一切。我当时觉得也蛮有道理。

这位智者，就是Topshop最早的创始人之一Tony Colman，七十多岁，风度翩翩，有气质优雅、同样智慧的太太陪伴。思维敏捷到每次和他见面我都很紧张，时常跟不上他的思路，每次对他问的若干问题都是手心冒汗，他会追问你最近又做了什么事？会和你讨论近期发生的各种问题，从政治到经济，到各种鸡毛蒜皮的小事，感觉自己只要有一天不努力，一天不阅读就会出错……

这个传奇人物，出身贫寒，他说他在7岁的时候就立志要成为一个富有的人，然后从政，然后要读一个博士；他的人生果然如计划的完美，中年以前成功将企业出售以后早就退休，不需要为生活奔波；然后成功当选为伦敦的一个国会议员，在布莱尔执政期间，为当地居民争取权益奔波；然后在去年刚完成他的博士学位——论文是有关南非农业灌溉问题……

太太也在他的鼓励下同时完成自己的博士论文——《论博茨瓦纳女

性消费观念对女性社会地位和心理的影响变迁》。

我知道，他们有足够多的时间去做这些事情，但还是会对他们旺盛的精力和心智赞叹不已……两人为做好研究，多年往返住于南非、博茨瓦纳，采访、录音、数据收集，然后还发生电脑被偷，所有资料丢失……最后的论文几乎有毛选一册的厚度，因为感动我自告奋勇花了两个月读了全文。

然后你以为这样可以安心下来度过晚年了吧？

没有。两人依然奔波于纽约、南非和诺福克之间，没有要停歇下来的节奏……

我没有问过他是否会在一个地方停下来……

旅途的人生，人生的旅途。

人生在哪里不都是一个过客，人生对于每一个地方、每一所房子不也都是一个过客？

无人陪伴会脆弱，有人陪伴也会脆弱；有人陪伴可以风清云淡；无人陪伴也可以风轻云淡……

又想起这次在飞机上遇到一位叫 Guenter 的德国退休银行家，一路上和我唠叨他的大半辈子，给我看他在德国的整洁有序的公寓，是租住的，他很满意……他说他退休后每年都一定要到中国，已经如此 10 多年了，知道几乎中国的每一个地方……

还说他其实挺喜欢一位女孩子，就是不知道是否会有结果。顺其自然吧，他很释然……

我只是点头说挺好的……不是吗？

想到这里，我想，我还是不要选择吧！

如果一定要，我选择独立而坚强！

我选择随遇而安！

我选择风清云淡！

把一个人的日子过成两个人的

周末的清晨，有时醒了也不愿意打开窗帘，听外面远处城市背景的声音，轰轰地响混杂着人类的活动。

这个城市什么时候变得这么巨大，这么有容量，曾经只有200万人口，然后是300万，然后是600万，现在居然就是800万……

如果是这样，我的朋友不就被稀释了吗，散落在茫茫人海……

人的心可以这样如城市一样地包容吗？从200到800，一天天地变大？很难想象，尤其我们那颗随时希望被人宠爱的心！

被人宠爱，被人关怀，被人足够重视，被人时刻挂念，被人放在心上，被人捧在手里……

那种感觉是温暖啊！

一个人需要温暖时，可以想象一下那远在天边的被宠，想象任性、想象发嗲、想象不再坚强，也不再独立能干。

尤其女人，一旦成为弱者，被照顾的排列就会自动靠前，因为人的本性不就是先去关怀需要被照顾的弱者，一旦成为弱者，就可以被照顾，可以得到很多的时间。

强者不需要照顾，更不需要关怀。

强者从来顶天立地，从来不需要儿女情长，强者失落了没有眼泪，最多是发飙一阵，然后自刎！

不想自刎时就把自己想象成弱者，获得更多地被关怀和宠爱……获得时间，时间才是一切！不是吗？

所有的甜言蜜语都可以忽略，只有两人在一起度过的时间才能成为记忆，记忆是永恒，记忆伴随我们一生！

可是，想象归想象，对很多人来说，怎么可能成为一个弱者？

天性这么逞强好胜，天性就是撸撸袖子，把自己当作半个男人……天性就是受不了哪怕半点虚假和谎言。

如果是这样，还是安静地做一个强者吧！

　　把一个人的日子也过成两个人的，想象另外一个人一直在身旁，和你说话，和你一起吃饭、散步、宠你宠得一塌糊涂；怕你凉着，怕你饿着，怕你睡不好，怕你夜半惊醒，怕你孤独，怕你寂寞……

　　怕你生气，怕你摔门而去迷了路一路跟随……

　　把一个人的日子也过成两个人的，独自去买些花回来，默默地放进花瓶欣赏；饿了就去楼下吃一个炒饭加一品豆腐，最好找一个，即便一个人去吃饭也没人会奇怪的地方，比如咖啡馆，咖啡馆那个靠窗的位置。

　　回到家点几支美丽的蜡烛、泡一个热水澡……

　　把一个人的日子当成两个人的，是一种坚强。

　　也是一个强者的习惯……

手摘星星的梦想
——鸡足山系·半坡生态走廊的诞生

从小在这里长大，虽然离开故乡二十多年，每年回来也都去鸡足山，但却从未到过这里，这片生长着原生松林的半坡。

这片向阳的半坡 ——位于即将要建设的宾川机场旁。

向东视野无限开阔出去，向西远眺千年的鸡足灵山，和鸡足山金顶遥相呼应，安静的时候，甚至感觉可以听到山上传来的暮鼓晨钟；清晨，可以看着太阳的金色映照的那些树影婆娑的庙宇；夜晚伴着明亮的星星入睡……

就是这片安详的半坡，这片被本地人称为"张家林场"的半坡高地，终于在一个理想和使命的呼唤下，有了一个更未来的名字 ——鸡足山系·半坡生态走廊。

这个名字，这片半坡走廊将承载着我们的梦想：
用最纯净的阳光、空气、水还原中国最古老的氧气生活！
一万亩的半坡生态种植走廊，包含人类最古老的植物之一"神奇之树"辣木。辣木种植基地，也将有百草园、柑橘园、葡萄园、石榴园……这里将还原真正的生态种植。

我们将要在这里呈现古中国半坡休闲生活……将有野花坪、英国乡村风格花园、樱花地、高地湖、原生松林、原生步道……

这是一个绿色的文艺复兴计划，我们的信息是：将绿色还给这片土地！把情趣还给这片半坡！

这是一些个大胆的追梦，需要激情的追梦者！

更需要无数"生活家"的热忱和关注！

至今，已经有云南顶尖的专业人才的关注和加入。还有来自英国的园艺专家 Will Draper 的倾情加入。

有了他们，有了这些，我可以想象：

半坡上，有风吹过带着甜味……

半坡上，阳光透过绿色的辣木枝叶斑驳的光影……

半坡上，野花丛中蜜蜂幸福地忙碌……

半坡上，竹林里有禅意的空间心情放松下来……

半坡上，建筑师将建筑艺术演绎得多彩多姿、恰到好处……

半坡上，那个宁静的湖，野鸭悠闲游弋……

半坡上，樱花的花瓣飘落下来如雨纷纷……

半坡上，人与自然和谐相处，中国农耕文化以令人感动的形式呈现……

是的，鸡足山前，这片半坡阳光正好！

是的，鸡足山前，这片半坡的夜晚，星星如此这般地明亮和接近，我可以伸手摘到它们……

我希望有一天，亲手在这片半坡，种下一棵樱花树，以土地的名义祈愿：

愿幸福吉祥和这片土地一起成长。

感谢追梦者、这个项目的领军人物刘志坚，这位后生可畏的企业家！

感谢过去的、现在的、将来的，所有关注和支持这片半坡生态走廊的朋友们！

感谢这片土地和半坡这一池清水，还有每年2719小时的灿烂的阳光……

把绿色还给这片土地，让这片土地永远美丽，瓜果飘香！

乌龙坝的遗憾和想念半坡的理由

终于有机会去了乌龙坝——

小时候对这个地方很熟悉，经常听家人说可以从这里继续穿过一个叫大田垭口的地方，就可以从宾居镇走到大理，现在站在这个高处远眺，感觉不是很远……

宾川居然有这么美丽的高山草甸！

四周一座一座绵延起伏的山峦，因为有了矮的灌木和天然草场混合着野花显得特别可爱！虽然已经是深秋，草有些枯黄了，但各种野花还是星星点点，有些野果，颜色很红，可以瞅见鸟儿在灌木丛中出现，跳来跳去……

阳光很有穿透感，刺眼，非常刺眼但温度刚好，不冷不热，有些风也很舒服。

这里的一切都让人怜爱。

远处是洱海，山峦起伏，脚下是松软的草地，走在上面如地毯一样地舒适，脸上有微笑和惊喜，心里只有阳光和温暖。

突然明白了为什么一个美丽的地方对人的身心是有好处的，因为你可以如此简单而真切地体会到愉悦！

几乎就看不到任何人，可是，这一切却是如此熟悉而陌生……

熟悉的是土地和草的气息，陌生的是环绕着的、无处不在的白色怪物——巨大的风车机翼，出现得如此地不合时宜……

这是一个唯一而且巨大的遗憾！

那一个个巨型的风机，嗡嗡作响，一刻不停在耳边，不真实，这是怎么回事？风机周围的植被因为施工的原因，已经遭到破坏，非常可惜……

人类对自然的征服开始让人心痛而不是骄傲，人类过于强大，这些草甸太过于娇嫩……完全不可能有机会讨价还价！

这一片大自然的鬼斧神工和美丽恩赐，就这样被工业化了……

工业化带给我们舒适和便利，但是却忘记了美，忘记给美好留一些余地和空间。

从山上下来的心情很复杂，看见一只巨型的风车机翼正在往上面运。不知道几年后，几十年后这些草甸还会存在吗？

也一路在想着，这么美丽的地方，为什么没有历史的村落建在这里？或许附近的几个村庄也曾经是非常美丽？

或许这就是这片草甸的命运吧！

我知道没有办法再把这些风机移走。

我不知道自己是否还会再来？

怀着怜爱的心情走在这些草上会很伤悲……

今夜，这个微冷的夜晚，寂静如水，

我想念半坡，想念半坡上那片松林，想念那些正在成长的辣木树，想念半坡上那禅一样的意境……

可能就是因为乌龙坝的遗憾吧，乌龙坝就如一位美丽的女孩时运不好。而想念半坡才会如此强烈，如此有理由！

是的，宾川除了鸡足山外，还需要一片半坡可以让人想念，让人忘返，让人可以一次次地去，一次次地回，再一次次地挂念。

这是对土地的情怀，这是对美和纯净的向往！

今夜，不知道半坡有没有云，星星是否明亮？

那些刚种下不久的樱花应该开得更多了吧？

还有那片梨树是否都已经发芽？

鸡足山、半坡走廊、咖啡馆
——宾川的柔软时光

宾川的生活是这样的：

早上7点，外面已经是车水马龙，繁华似锦……各种声音真切地传进来，鸡鸣、狗叫、人声、摩托车声、各种喇叭声，还有楼下店铺音乐的节奏，各种频率，各种分贝，各种醒过来的精气神，各种阳光下的喜悦混合着忙碌；有一天居然早上5点就有鞭炮声巨响，仿佛是在床边。

鸟儿和虫子的声音也有，只是需要仔细辨认……

好一个生活交响曲！

我一边想着英国乡下早晨的那种安静，那种完完全全的寂静，一边也享受着外面如此真实的、混合成一个系统的交响乐，这种只属于中国的热闹和对生活的激情……

不需要斗争要不要起床，几乎没有第二种选择！

外面已经开始了如此精彩的一天，我只能跟随，虽然我的节奏还是有点跟不上。

接下来的早餐就需要斗争一下了，如此满满的一大碗饵丝，吃完以后整天都不会饿，也不太敢饿；

楼下早餐店的老板娘年轻貌美，也画着淡妆，如此早起如此忙碌还可以这样每天着淡妆，让人肃然起敬！

最绝的是，早餐店隔壁居然晚上就变成了烧烤店，各种烤鸡脚、肉串、臭豆腐，路边桌子随便一坐，很美味。生活怎么可以这样地奢华和便捷？！

每次回来，我都需要做一些思维转变，然后才可以卷卷袖子正儿八经地享受这些街边美食……

我惊异地发现：

宾川已经很中产，除了鸡足山的千古灵性，现在有了柔软的咖啡馆和咖啡馆里的柔软时光……

咖啡馆和餐厅不一样。

咖啡馆让人安静下来，可以作认真的思考，也可以认真地交流，可以坐上半天，可以完全和美食无关……

　　这很重要，除了美食，这个世界有很多很多话题可以深入、可以讨论和分享，咖啡馆让人爱上一个小城……正如一位好朋友、一个好地方给你的温暖情怀一样！

　　那间叫"他她"的咖啡馆就在离小妹家不远，晚上有钢琴弹奏的曲子，那天去居然是熟悉的《漂洋过海来看你》……

　　这首李宗盛才华横溢的作品，是专门为一位艺名叫"娃娃"的台湾歌手而作，娃娃一次到北京演出，爱上一位舞蹈老师，可是他已经成家有了妻室，两个人不可能有未来，娃娃悲痛欲绝回到台湾。李宗盛知道这个故事后，为她写下了这首歌，她在录音时几次泪流到录不下去……

　　"言语从未将我的情意，表达千万分之一，为了这个遗憾，我在夜里想了又想，不肯睡去……"

　　"在漫天风沙里，望着你远去，我竟悲伤得不能自已，多想送君千里，直到山穷水尽，一生和你相依"……

　　虽然最爱的哥伦比亚咖啡比其他地方的略有些苦味，但无妨，照样喝两杯……

　　下次回来一定会带 M 去这里，一起听漂洋过海来看你。

　　也一定会带他去宾川的半坡生态走廊，那片原名叫"张家的林场"，有原生松林，有湖，有湖面惊起的野鸭，据说有 12 只……

　　当然，在宾川，最重要的是好朋友！

　　有一位好朋友很重要，有一些好朋友就是奢侈和幸福了！

　　宾川生活是奢侈和幸福的！

圣诞心情

开始准备回去的心情了，开始准备圣诞节的心情！

诺维奇应该热闹起来了——

这个英格兰东部古老的小城，因为有着两个九百多年历史的大教堂而当之无愧地成为城市；曾经是历史上英国第二大城市的她一直有从容而淡定的姿态；那个屹立的城堡，那个曾经作为监狱和皇宫的城堡；那条中世纪的老街Elm Hill，在很多电影中出现过，几乎是每个游客都必到。

这个市区人口只有10多万的城市，除了以大大小小的教堂出名，还有无数的小酒吧，据说可以每周去一个教堂，每周去一个酒吧，一年也去不完……

圣诞节正好在一年中最寒冷的季节和最黑暗的时候来到，冬季因此而变得辉煌而荣耀！

几乎可以这样理解，每年6月一过，就可以名正言顺地开始圣诞节广告了，8、9月份，大家已经开始计划今年圣诞要如何过，对于做事极其有计划性的英国人来说，这个时间做计划正好，有几个月可以安排，到底去哪里？和谁在一起过？

接下来就是决定吃什么了，要不要继续烤一只火鸡还是其他？

通常一家人要纠结很久，然后就可以去农场预订，也可以直接去附近的肉店预订……填好订单，按照上面的时间在圣诞前一两天去取，算是圣诞的一件大事搞定。

圣诞到来前一个月，各地都有亮灯仪式，街上、建筑上各种璀璨的灯光亮起来了，心情一天天明亮，这也是M每年节前要出去旅游一次的借口，天寒地冻，搓着手，呼着热气，走在欧洲任何一个城市，可以在街边圣诞市场喝一杯热的mulled wine——一种圣诞节香料辣酒……心情暖暖的！

要去买很多贺卡，邮寄给好朋友，这个传统被保留下来，没有任何要消退的迹象。英国人说，收到贺卡的感觉很好，一年一次真挚的问候……熟悉的笔迹，质感缤纷的卡片，见字如见人！

对于我们来说，大概就是五十多张，把朋友的地址清单拿出来，一般要花两个周末才可以全部写完，然后写好信封，海外的先寄出，可以赶在圣诞节前到达，然后是外地的，然后是本城的，最后是邻居，直接在圣诞前一天塞进门里，这件事做完感觉就可以松一口气了，可以关上门享受两天完全属于自己的，只有美食、温暖和酒的节日了……

当然，节前这段时间每天都有惊喜，每天几乎都有贺卡寄到，打开的心情都很美丽，这些贺卡会在壁炉上一一陈列，放不下的就用彩色纸条在门上挂起来，很有我们中国春节挂对联的感觉。

圣诞礼物也是值得期待的，要认真去想对方会喜欢什么，猜他的心思，然后悄悄地去买，偷偷地包装好，写上名字，然后放在圣诞树下。

比较实际的我，有时要求礼物直接是购物券算了，M总是说怎么能这样，必须是礼物吧，而且礼物不到圣诞节那天是不允许拆开的，否则就太不圣诞节了。

也许，很多事需要等待才会有惊喜，人生有时如同酿酒……

关于圣诞树，M的要求很高，一定要去买一棵形状挺拔的冷杉，当然，根部都已经修去，但是泡在水里可以持续两周不会掉针叶，他说喜欢那种清香，是圣诞节的味道……

圣诞树买来后，装饰就是我的工作。每年都会有新的风格，确定色调，然后就可以去车库阁楼把年年在用的装饰挂件找出来，再去市里面配一

些新的，我一直喜欢宝蓝色调和银色的混合。但每次弄完去朋友家看过，回来就开始不满意，要去调整，好像年年如此……

年年不满意，年年还是满心欢喜去弄……

今年的圣诞树上应该多有一些红色吧，我在想……
圣诞快乐！

Las Casas de la Juderia 塞维利亚的风情

这家叫 Las Casas de la Juderia 的酒店，住进来时已经接近傍晚，先给你一份酒店的地图也是第一次。

位于塞维利亚老城中心靠近大教堂的位置，15 到 17 世纪风格各异的建筑组成了一个复杂的酒店迷宫，共有 17 栋建筑 178 间房间，古旧而风格明艳的建筑奇迹般地串联起来，不仅保留着罗马人的装饰和生活痕迹，传说从新世界到欧洲来的探险者已经住过这里……

这完全不是一间常规的酒店，所有的一切都出乎意料，复杂到需要很小心也会走丢、非常狭窄奇异的通道、弯曲的连廊、小而有趣的天井、古罗马人的养生浴室……

先去走走她那迷宫一样的地下通道……
这些地下通道大约有一百多米，舒适，宽敞，七通八拐，好像没有尽头，偶尔有玻璃顶，有水流声，然后突然宽敞开来，仿佛一个庭院，无数个出口楼梯……墙上的装饰被维护得很细致，行走在其中，宛如行走在历史中，恍惚穿越的是时空和这个城市的人文。
仍然保留完好的罗马人当时洗浴场所的精致的马赛克图案，现在也是 Spa……
可以想象夏季这些隧道非常凉爽，曾经是储存室的地下室大空间现在被改造成早餐室，可以容纳几十人就餐。

还有屋顶天台连廊……

随意开了一扇门出去就是一片天地，整个城市就在眼前，充满南欧风情和文化的多元性的城市，芬芳迷人而亲切，屋顶天井旁花盆里种满了香叶，居然是小时候非常熟悉的植物。

不只是地下通道和屋顶连台，整个酒店就如同一个友好而奇异的迷宫！

除了无数出口和楼梯，地上地下，还有 40 多个散落于各个角落的小庭院和花园，有的简直就是 Mini，小得让人怜爱，完全风格各异，完全出乎意料之外，完全充满人情味……

没有压抑，完全可爱的空间让人一次次走丢，然后又满心欢喜地找到另外一个奇异的出口或是庭院……

这里就是一个小小城，却没有巨大空间的压力，是那种适合人的尺寸，不是大而做作的宽阔。就如很多现代宽阔的街道于我完全不如狭窄的老街有好感一样……

这样酒店的体验不是不同，而是感动！

为这间酒店和这个城市的智慧感动。

酒店好评如潮，一点都不奇怪。

也许复杂到难以想象，古旧到很难追溯，有趣得让你心仪就是传奇了……

这间传奇的酒店，奇异得如一个异教徒！

有些创意本身，无论语言和照片都无法表达，比如那些个小小可人

的空间，因为她触及了我们的内心，不是现代的奢华，或者说不是奢华的奢华，来自于历史、穿过时空给你关怀和温柔的情感……

当然也不是简约！

而是复杂，非常复杂，复杂到多种时空交错，多种文明混合，多种艺术衔接，多种爱和情感交织在一起……

这些爱让人感觉到人类心思的细致，这样的细致和关爱通过这些建筑和环境释放出来，让人惊喜。这也许就是这间酒店的魅力吧……

多么容易，把这些矮的建筑推倒建成摩天建筑，而不是需要耗费多少年代，多少人的心血把她们维护和保养好……多么容易，犯武断和粗俗的错误……

钢琴吧有琴声传来，让我回过神来……

原谅我的言词拙笨，原谅照片不能把这种魅力拍摄下来……

如果你有机会到这个西班牙小城 Seville， 一定值得到此小住，Unforgettable， unrepeatable， unique……用 M 的词汇是 Astonishing！

Las Casas de la Juderia ，塞维利亚的风情万种……

2015，这一年

圣诞节后，新年之前，这几天有些尴尬，感觉好像是旧的已经过去，新的还没有到来，这样的空隙转换正好适合思考……

今年真的很多事情发生了——

在最后这几天怀着感恩的心，细数这一路走来的不着边际的心情……

今年是个神奇的年份，生活在这个世界 44 个年月，今年第一次感觉一种不期而遇的自由，一种身和心的自由。

也许因为如此，才有了今年接近一百天的到处游走，从春天到阿姆斯特丹到意大利的 Garda 湖区，到罗密欧和朱丽叶的故乡 Verona，到威尼斯，到英格兰南部，到西班牙的 Granada 到 Cordoba 再到塞维利亚，当中也几次回了中国，开启了和很多好朋友老同学的美丽时光……

今年 3 月无意中开始了随意的文字之旅，不知不觉中已经写了有超过十万字，自己也是很惊诧！

这是一个普通的灵魂对我们周围生活的思考和反馈，希望可以结集成册作为礼物送给大家……

在春天，在阿姆斯特丹感动于梵高的平凡和伟大，同时也是第一次了解到这个城市传统的贵族慈善精神。17 世纪，荷兰已经是一个国际化的商业都市，但也有很多的穷苦人群，城市的精英自发组织起来给穷人发放食物，博物馆很多的艺术作品记录了这样的传统美德。当然也就不吃惊，今天的荷兰仍然是世界上最具有容忍度和包容性的国家之一。

只要多一些时间呆在阿姆斯特丹就可以感觉到这样的包容性！

仿佛是这个精神的印证，昨天读到的报道，荷兰三大大城市之一Utrecht， 计划实施给每一位居民发放每月 600 多欧元的基本生活费。

这个想法最早在 1797 年就有一个英国人提出来，这个人就是 Thomas Paine，好像还是诺福克人。

这个居民基本收入的前提没有任何条件，不论你是否有其他收入，

174

无论你是否工作。

Utrecht 当地政府很有自信，他们认为，给予人最基本的保障，相信居民，在这个基础上，大家会去更好地找到适合自己的长期工作，而且他们认为这样可以大大减少政府福利制度的运营成本。

Thomas Paine 200 多年前的这个大胆的想法，终于第一次被实现了。

这是不是预示着一个新纪元的到来？

是的，对于很多国家和人来说，这仍然有点乌托邦的想法。是的，你可以找出一百个理由来反对。

重要的是，已经有先行者，已经开始有实践，经济学家会跟踪分析，这就是非常大的进步，一个共同的人类文明的进步！

这个城市叫 Utrecht——乌得勒支。

当然，这个世界还远没有那么美好，而是越来越复杂了，一方面文明在进步，一方面有文明在被摧毁……

今年发生在巴黎的爆炸和袭击，正如前年发生在昆明的袭击一样，让人心痛！

这次圣诞节的一天是和一位好朋友一起度过的，这位来自 Kurdistan 库尔德斯坦的 Serwan，如此乐观开朗，积极向上，听他说起他的国家正在和 ISIS 交战，特别是他们引以为傲的英勇的女战士，

距离他们住的家也只有 100 多英里……完全很难想象。

是的，有时很难想象这么多事都发生在这个时代，这个世界，这一年……

但正如巴黎爆炸后一位失去太太的先生 Antoine Leiris 这样对枪杀者说："I will not give you the gift of hating you, and I know she will join us everyday， we will find each other in the paridise which you will never have access to……Our son just 17 months old……He will play everyday as normal. This little boy will insult you everyday with his happiness and freedom because you will not have his hate either……"

"我不会恨你们，我知道她会每天和我们在 起，我们会在天堂团聚，那个你们永远也进不去的地方，我们的儿子只有 17 个月，他会每天像往常一样地醒来，开心玩耍，他的幸福和自由每天让你们受到侮辱，因为

你们同样无法让他憎恨……"

这应该是今年听到过的最有力量最让人感动的语言了……

我想，这就是希望。

这就是人性的希望……

未来在希望，未来还有很多的奇迹在等待着发生，让我们一起期待……

这一年——2015！

花儿回家

花是什么，什么又是花园？

花是大自然华丽的装饰，是上帝赐予的最甜美的礼物……

土地是通过花儿向我们微笑，传递她的心意，也许从最蛮荒的时候，我们就爱上花的美丽和动人……辛勤耕种劳作后，顺手采摘一朵野花，回家的路上心情便随之芬芳开来……

小时候，家里院子很小，但奶奶却钟爱养花，沿墙脚砌成的半高的花台，种满了各种花，五彩的大丽菊，红色粉色的天竺葵、秋海棠，还有星星点点的九点红……

我那时不爱花，爱跳橡皮筋……

在英国那些漫长寒冷的冬夜，大自然凋零而憔悴，壁炉前那一本本园艺的书让我的冬夜充满了对春的奇妙幻想……

每一年都会爱上一些新的植物，每一年都有新的发现。规划着如何去种植、如何去搭配，心里盘算着颜色、位置规划，有时开心得不愿睡去……

就这样，小时候奶奶种下的花在我的心里开放……

园艺成为我的信仰！

对于我这样一个枯燥乏味的人来说，是一件幸福的事。

很难去解释侍弄花园的乐趣，因为说到底，花园里的工作无非就是除草、浇水、施肥、观察成长、把一棵花移来移去，检查有没有病虫害，修枝、控制形状；冬天关注寒冻，一些花需要移进玻璃房，比如大丽菊需要挖起来储存，等等。

麻烦吗？是的。

但乐趣就是在这些麻烦中，足够多的花需要操心，更别说果树、蔬菜也需要关怀，足够多的麻烦就是一种乐在其中了！

估计幸福的园丁就是这样来的吧。

乐在其中的还有：

草坪割完后，那新鲜的绿色如地毯，端一杯茶可以看好一会儿；夏天的傍晚随时摘一束甜豌豆花，香气扑鼻而来……有花就有鸟儿，观察它们也是花园中的伟大时刻！

那是完完全全和自然相处的时刻，那种风吹过，忘记自己是谁的美妙……

什么是花园？

花园是我们刻意去创造的，最美好的那部分自然的组合，我们在里面生活、有鸟儿、有绿色、有花、有水，有我们喜欢的形状和方式……有我们的思想！

这就是花园，花园是我们自然的那部分。

我们在花园里思考，和自然一起成长……

中国历史上，最早关于花园的故事和记载从公元前156年的汉武帝开始，这位雄才大略的君主，扩建皇宫花园、开凿昆明湖……

后来的隋炀帝位于洛阳西郊的"西苑"，被称为中国园林的鼻祖，想象一下四五月间的牡丹绽放时，裙裾飘飘欢声笑语动京城的景象；

1120年前后更有宋徽宗"喜花石竹木"，四处收集用大船从淮河、汴河运向京城，号称"花石纲"，从而赋税剧增、民不聊生，导致了方腊起义，一位由于爱好园艺而丢了江山的皇帝。

如果说中国的园艺是一部荡气回肠的大片的话，英国的园艺则更像一部连续剧……

英国的园艺则起源于罗马人。当年，罗马人带着种子、手艺和地中海那温暖的想象来到英国这个寒冷的岛国，种下了对阳光的想念，谦卑的后院有喷泉和他们热爱的花儿……

后来的撒克逊人也同样地有自己的小院，玫瑰、金银花还有青草的小凳，让他们逃离生活的压力，有了诗歌，据说1140年第一棵无花果树在英国被种下……

9世纪的时候，基督徒带来新的园艺方式，种植香草为了治疗，蔬菜是食物，花卉则可以装饰教堂，直到现在这样的香草花园还有很多存在下来。

对于普通百姓来说，无论是"宁可食无肉，不可居无竹"的风格，还是莲叶荷田田的妖娆、出淤泥而不染的纯洁、岁寒三友的气节，都完美地表达了中国人对园艺的偏爱和风格！

英国人和我们一样，几百年来初衷不改，风雨无阻，园艺中心就如我们的购物中心一样密集；园艺是一个让人尊重而自豪的职业。

英国人对园艺的热爱和尊重，就如我们对美食一样，甚至有过之而无不及……

仅仅是因为花香吗？不完全是。

我们在这里创造、发现、交流和分享；我们在里面找到生命中的simple leisure 单纯的乐趣……

没有尊卑，没有偏见，主要你愿意，你就可以享受到其中的乐趣……这估计就是园艺的经久魅力。

园艺这个关于土地的艺术，在这里，每一个灵魂都是艺术家！

在这里，每一个心灵都回家……

花儿终于回家

园艺是土地的艺术！

艺术自然就会有不同风格的变迁，就如流行一样。

英国在亨利八世时大量的土地被赏赐给跟随者，从而有了乡下的庄园和围绕着的设计精良的花园。据说亨利八世本人爱好园艺，他喜欢骑着马一马平川地跑去而不被人看见，由此伦敦有了那么多大片的绿地，包括了现在的海德公园。

那时的花园带着自然的野性和浪漫……

欧洲文艺复兴对英国园艺产生了浓厚的影响，来自欧洲大陆的园艺风格，系统的水系、宏大场面的喷泉、修剪整齐的各种绿色几何形状，颜色艳丽的搭配使英国园艺成为另外一个景象……

在 18 世纪，也就是爱德华时期和后来维多利亚时期，英国的财富阶层相互攀比的是有一个美丽的花园，而不是今天有钱人比拼豪华游轮和私人飞机。

每年主人带着管家去各种园艺博览会学习，带回最新的花卉和花园创意是每年日历上的重要日程。

更有甚者，不远万里，耗费大量精力和巨资去到世界各个角落采回各种奇花异草……

来自美洲、南美洲、非洲、亚洲，远到厄瓜多尔，远到那些海洋中那些不为人知的小岛。当然还有来自喜马拉雅山脉的，据说，现在英国花园的植物中有 25％来自喜马拉雅山脉。

这使得英国后来成为世界上园艺的中心，园艺一代一代传下来，成为民众最为广泛热爱的一项爱好，普通人对植物的认知水平就如我们的烹饪技巧一样高……

1804 年，Royal Horticultural Society（英国皇家园艺协会）成立。目前拥有四十多万会员，几乎占英国人口的 8%，每年举办多个世界水平的花卉园艺博览会，是世界上最权威、最有影响力的园艺机构……

英国也成为世界上最绿的一个国家之一。

云南这个植物王国，也因此和英国有着千丝万缕的联系，来自喜马拉雅的茶花和杜鹃在异乡开得壮观美丽……

不幸的是，全球气候变暖，加上过度农业和不注意保护，很多在异乡盛开的花在故乡却逐步在消失……

小时候常见的、那些可以漫天随意生长的、谦卑的牵牛花现在都越来越少了！

更别说我们从未注意到的那些香草、植物、野花都在悄悄消失。

这——
就是我们要在半坡生态走廊建设这个前所未有的花园的动力！
这个奇异的、史诗般的花园已在秘密规划中。
英国年轻而极具才华的园艺设计师 Will Draper 将用本土的植物成就一个英国乡村风格的赞歌！
我们还没有给这个花园起名字。也许会有一片"香水花园"，会有所有香氛植物。
那个高地湖，我们将亲切地叫她"星星湖"，想象在晴朗的夜晚，可以看见星星倒映在水中……

宾川和远方

宾川是山和山之间；
阳光和阳光之间；
葡萄地和橘园之间；
鸡足山野生的杜鹃和山茶之间。

远方则在模糊和清楚的边缘；
梦想和现实的边缘；
一杯酒后和清晨醒来的边缘；
时远时近和飘忽不定的边缘。

宾川是粗犷，是浓郁的美食和高质量的光线；
远方是优雅，是阴雨天气中绵绵不绝的思念；
宾川是豪迈奔放的性格混合着白酒的香烈；
远方是多愁善感的心灵呵护着玫瑰的情谊。

宾川是从鸡足金顶遥望过去的那片热土，半坡走廊的那片湖水，还有湖面野鸭惊起，仿佛听见翅膀的声音……

远方是飘浮的岛和海岸线，繁华的都市、城堡，古老的教堂，还有教堂的钟声传来，仿佛千年的时光凝固……

宾川是家，远方是客；

家触动我们内心深处的情感，不是因为奢华或其他，而是关怀；

远方犹如缤纷绚丽的糖果，一路上的曲折和离奇，还有诗和梦想。

宾川是情，远方是诗！

在宾川时远方浪漫芬芳，

在远方时宾川温暖可人；

心在宾川和远方之间来来回回，回来思念远方，离开就想念宾川！

题注：

　　2018 年宾川将开始修建一座机场，新机场的建成，第一次将宾川和远方联系在了一起；

　　和机场相连的半坡生态走廊，这片当地人叫"张家的林场"，当几年后新的机场在这里建成，这个宾川前所未有的大型绿色生态项目也将和机场的建成一起腾飞。

　　这片宾川的后花园，将和着鸡足的暮鼓晨钟，开启宾川一个新的纪元……

　　从此，鸡足这座山和半坡这片水，山水相依、世代甜蜜……

　　宾川再也不会寂寞！

遥想鸡足山

该如何去讲述鸡足山的故事？

该如何去讲述这个千年的传奇？

说它自然壮美的山谷延绵、一片片松林无尽的绿色？还是林中那自顾自开着的野生山茶和杜鹃？

故事当然应该从"拈花微笑"开始。

两千五百多年前那位来自印度高僧，据说有"饮光然后喷火"的能耐，这位智者就是迦㩦（读 she）尊者。在释迦牟尼灵山佛法会上，他智慧超群，心神领会佛祖心思，从此成为衣钵的传承人。

后依照佛尊嘱咐，来到鸡足山华首门立地成佛，在两座山之间的这个石门后守衣千百年等待未来佛的降生……

著名的虚云和尚前来朝拜，虔诚地叩首后，听到里面传来三声清晰的钟声已是后来的事；鸡足山华首门从此成为佛法第一门，石门中千古传奇被弟子万代朝拜。

所有这些记载让鸡足山不同于任何的佛教名山，其地位难以比拟。

"拈花微笑"这个美好的佛法境界，神秘悠远，妙趣横生……佛祖这个微笑被时光凝固，千百年来一如蒙娜丽莎的微笑被世人凝视。

重新认识鸡足山已经是三十多年后，初中时背着野炊具到山上小住一周的记忆已经模糊。

那时对美缺乏体验感，对绿色和美从来都是熟视无睹，更别说深奥曲折的佛法故事，只依稀记得那棵空心树奇怪好玩……

居然不知道迦㩦尊者。

也不知道高僧虚云和尚数次上鸡足山，建成了祝圣寺，挽救曾经已经衰败的佛教文化……

很多年后回首，发现生命中持续而深刻的爱来自真正地懂得和了解！

鸡足山确实复杂得有些难懂，故事太多，佛法的文字难懂，难免缺乏学术精神，知识也就零零碎碎。

就算很多信佛之人也难以讲个清晰的来龙去脉。估计也是这个原因，至今的游客数量只有洱海边那个小普陀的四分之一，让人不免遗憾。

我不信佛，但每年回家乡都去，想去，每次知道多一点它的信息，每次就多一点理解，这份爱就这样层层叠加起来……

每次都希望从祝圣寺走上去，每次上去都认真磕头，心中也有祈愿和念想，这是我们一个凡人可以做的吧，不求发财升官，但求岁月平安、天下太平！

难以想象它曾有的 108 座庙宇是如何的绝世繁盛！老父亲每次都是一声叹息，那些"文革"中被破坏掉再也无法还原的美丽！

托佛保佑，最美丽惊艳的金顶神采依旧！每次站在金顶都能感受到它的力量和震撼！语言从来都难以准确描述——那种天人合一的境地，对大自然的敬畏之情；金色的寺和银白色的塔比例配合得天衣无缝，任何一个角度都是美轮美奂。佛教的美丽和神奇更因为和自然如此贴近而让人起敬和浮想联翩……

这个非常独特的美只属于鸡足山！美丽而浪漫！恒久而传奇！

银白色的塔外面是十三层，据说里面是七层，这是佛家思想的表达：世间人们所看到的世界和真实的世界总是有差别的。

很喜欢这个说法，这个有些哲学的、深刻的、谦虚而谨慎的对世界的观点。

当然，震撼还因为有高海拔，3247 米，在这个高度正好还可以看到满眼的绿色，一层一层重叠着，有薄雾时是淡淡的蓝色，仿佛群山带着些许忧伤！

金顶后面有一条路通向华首门，一般人都不去走，美得醉人。也因为人少，你和自然完全融化在一起，风吹着飘浮的五彩经幡，使劲地、持续不断地哗哗作响，瞬间让人有如处身于世外，瞬间有空灵的感觉，那是过去、现在和将来重叠在一起的神秘时刻！

刚开始小径平缓，然后就是几乎垂直的台阶下去，这时需要收好放飞的心境和相机，全心全意地一步步跟下，侧面是叫舍身的悬崖……

继续往下走，就可以看到金顶最壮美的图片：

那个伫立在风中、伫立在空中、伫立在悬崖边、伫立在人世又像是另外一个世界的风情，甚至有点浪漫的金顶白塔……

这一刻的景象无语，时间就这样凝固……目光沿着塔尖往下，笔直的悬崖下就是那道中华第一佛门——华首门！那道门后，迦蹑尊者守护着佛的传承，等候未来佛弥勒的降生……

风声在耳边，那些经幡一遍又一遍……嗡嘛呢呗咪吽……嗡嘛呢呗咪吽……

夜半在远方醒来，遥想着鸡足，遥想那些美丽动人的故事，遥想那千百年来的风雨执着，遥想着山路上遇到那些从西藏一路风餐露宿、七步一磕头的信徒，遥想着路边那些用小石头认真堆成的小塔包含多少祈愿……

遥想那位来自印度的高僧选择离开他的故土，在远方这座叫鸡足的山谷中立地成佛，化作大山的精神，千百年来守护着佛的智慧和信仰！

我竟然感觉眼眶有些湿润……

这座名叫鸡足的山将护佑宾川这片热土，花香满园、瓜果遍地、生生不息……

后序
来自一位好朋友的祝福

那是英格兰冬日的一天，我们在 Susan 位于 Norwich 乡间的农舍吃 Sunday lunch，当时有 Susan，她的先生 Marcus 和 Susan 的婆婆，英格兰的冬日漫长和阴冷，那天我们喝了酒，听妈妈说过去的故事……

Susan 的婆婆几乎 100 岁，是经历过二次大战的一代英国人，在战争中失去了爱人，失去了家……那是一个英雄主义和浪漫主义交织的时代，对祖国的热爱和奉献，因为这场战争演变成她们最重要的人生。

而就是在那一刻，我突然想到了 Susan 的乡愁。

认识 Susan 几乎是一辈子了，作为事业的伙伴，我们一起经历了中国改革开放的辉煌二十年，而在事业的高峰期，她决定追随爱情远嫁英国。

说起来 Susan 是一个非常睿智和朴素的女子，目光专注，心无旁骛，无论是在事业上，还是在生活上，从来都全情投入，一丝不苟。

所以我很想知道，这样投入生活的女子，会有一份怎样认真的乡愁？

这些年每年我们都会在英国或中国见面，从相会的谈话中，也可以清晰感觉到她的变化，她分享她的旅行，她在花园中的休闲人生，关于诺维奇的足球队，关于工党的选战和沉沦……岁月并没有让她更妥协，只有让她更珍惜！

毫无疑问，英格兰的文化和空气的滋养，让 Susan 的人生更加勇敢和丰富，而我相信即便走得再远，她的乡愁依然在那儿，而她的乡愁会把她的人生引向何方？

那天晚上，Susan 的婆婆说起了她和她的爱人的最后一次见面，他从前线回到伦敦，她从工作的医院请了假去见面，他们去吃饭、跳舞，喝了很多酒出来，发现天光大亮，已经到了他归队的时间。

她坐在回医院的公车上，看着他的身影远去，但却不知道那已经是永别。

我们都会和我们的所爱告别，无论是家乡，是祖国，是爱人，还是生命，我相信和千千万万去国的中国人那样，Susan 的故事终究会在她的乡愁中不断浓墨重彩。

她的故事和乡愁，没有终点……

祝福

Edward　彭梓朔
昆明企业家

后记

A few words from the husband

I have watched in quiet admiration as Yanbo has meticulously researched the many stories in this book. Most importantly the book has bought great joy to her life.

In many respects the stories are an account of our ten years together. Our travels, our hobbies, our business and our everyday activities, some menial, others novel and exciting. Yanbo cleverly uses these stories as a series of hooks on which to hang astute observations, blending in her special philosophical take on life.

Admirable too is the way Yanbo has conquered the challenge of living in a foreign country with a culture very different from China, where she spent her formative years. But here in lays the secret of this book, as a highly intelligent Chinese lady provides a novel insight into the British way of life and how we Brits see things.

I knew this book was clever, well researched and well written because I know the author's dedication to getting things right. However it was only when I started speaking to our many Chinese friends that I realised how compelling and readable the stories are. She has road tested the stories on her many friends and they keep asking for more.

One of Yanbo's great strengths is her ability to see different meanings in simple things and actions. By writing short stories on a plethora of subjects, rather than a single novel, she has been able to capture so much more of interest to the reader. The stories are sometimes quirky, sometimes profound but always insightful.

What makes me most proud, as a devoted husband, is that the book is actually a triumph for the multiculturalism which makes the world a far more interesting place to live.

Marcus Armes
Loving Husband

Susan 王艳波，生于宾川，毕业于宾川三中和云南财经大学。资深广告人，地产投资专家，曾参与打造中国广告五十强企业，参与成功策划和实施多个地产项目。

2006 年游学英国，研究英国房地产投资、园艺和英国建筑，游历欧洲大陆。
目前和先生 Marcus Armes 居住在英格兰诺福克郡乡下，从事房产投资和学生公寓生意。

酷爱园艺、种植，热爱旅游。

这本书是作者对家乡和远方的心灵之舞。

红玫瑰白玫瑰

亲爱的，地图

激情足球——诺维奇足球队

英国盖房记

三只小猪就是一个家

梦见飞行的竹海

布里克林庄园

继续，继续种菜